Disparo————

en la

catedral

Mario Bencastro

Arte Público Press
Houston, Texas
1997

s from the National
Andrew W. Mellon
gest Fund and the
Council of Houston,

Recovering the past, creating the future

Arte Público Press
University of Houston
Houston, Texas 77204-2090

Cover illustration and design by Vega Design Group

Bencastro, Mario.
    Disparo en la catedral / by Mario Bencastro.
       p.   cm.
    First published: México : Editorial Diana,
    1990.
    ISBN 1-55885-194-1 (pbk : alk. paper)
    I. Title.
    PQ7539.2.B46D5   1997
    863—dc21
                           96-39827
                             CIP

Disparo en la catedral

Novela finalista en el Concurso Literario
Internacional Novedades-Diana, México, 1989.

ACLARACIÓN:

A excepción del período histórico de El Salvador que comprende esta novela (julio 1979 a marzo 1980), al igual que las homilías de Monseñor Oscar A. Romero, su asesinato y funerales, el resto de los nombres, personajes, lugares e incidentes son creación del autor, o han sido usados en forma ficticia. Cualquier semejanza a sucesos, lugares y personas reales, vivas o fallecidas, es pura coincidencia.

El autor.

Mirella,
Xiomara
y Sergio.

"Creo que el mundo es bello,
que la poesía es como el pan, de todos.
Y que mis venas no terminan en mí
sino en la sangre unánime
de los que luchan por la vida,
el amor,
las cosas,
el paisaje y el pan,
la poesía de todos."

Roque Dalton.

Disparo ———————
en la
catedral

Despierto.

De un salto dejo la cama y me palpo el cuerpo ansiosamente para asegurarme de que estoy vivo, que estoy entero, que no sueño. En este tiempo sólo el hecho de amanecer vivo causa verdadera sorpresa. La muerte ya no sorprende a nadie.

Como ayer, también hoy debo convencerme de que, en realidad, éste es un nuevo día con grandes esperanzas de sobrevivencia, y dejar de lado la vergüenza que siento cuando voy a la tienda de la esquina a pedir de fiado el periódico y el desayuno.

Desde el momento en que entro y digo "Buenos días", la dueña sabe a lo que vengo. Arroja sobre mí su usual mirada de reproche.

"Pronto empiezo a trabajar. No le miento doña Consuelo. Es nada más cosa de días."

Y por supuesto que no me cree. ¿Por qué habrá de creerme si le estoy diciendo lo mismo desde hace seis meses?

Me ultraja con la mirada. Me desprecia con el silencio. Yo agacho la cabeza. Mi desesperación se vuelve enojo. Un grueso nudo obstruye mi garganta y me anula el habla. El hambre rezagado por tantos meses se ha convertido en úlceras, y me produce un punzante dolor de estómago.

"¡Sólo para fiar son buenos! Tanto que deben y no pagan. No soy laguna para mantener lagartos."

"Por favor doña Consuelo, se lo juro, créame. Le pagaré hasta el último centavo."

"¡Tantos fiadores me van a dejar en la calle! Entonces quién diablos les dará de hartar. Yo soy pobre como todos ustedes. Lo que pasa es que no me la paso haraganeando."

No cesa de repetir las mismas quejas de todos los días. Yo no hago otra cosa que hacerme el sordo. Mantenerme quieto. Aguantar sus reproches mientras la cara se me cae de la vergüenza.

Al fin se cansa de hablar y ve que no me he marchado, que permanezco cerca del mostrador con la boca abierta y los ojos tristes. Como perro sin dueño, hambriento, esperando que le tiren cualquier desperdicio.

Por lástima, o quién sabe por qué, alarga hacia mí un huacal con frijoles sancochados, un par de tortillas y el periódico. Saca la libreta y añade números a mi cuenta. Le debo tanto que da igual deberle un par de pesos más que un par de pesos menos. Sin embargo, hago todo lo posible por sonreir y demostrar que agradezco el favor con toda mi alma.

"Dios se la llevará al cielo doña Consuelo, por todo lo buena que es usted."

"¡Déjese de agradecimientos, consiga trabajo y págueme!"

Siento tremendos deseos de aventarle la olla de frijoles. De mandarla al diablo con todo y su asquerosa tienda, y desquitarme así tantos ultrajes que he aguantado de ella a esta misma hora, en cada uno de los días de los últimos seis meses. Pero a veces el hambre sí que es superior a la dignidad. Además, debo pensar en los frijoles de mañana. Salgo abochornado. El ardor persiste en mi estómago pero se me ha disipado el hambre.

"CLÉRIGO MUERE AMETRALLADO."

La truculenta noticia de la primera plana del periódico me hace apresurar el paso de regreso al pupilaje donde vivo. Busco la página de los Clasificados sólo para encontrar los disturbios de costumbre. Robos, incendios, huelgas laborales, tomas de embajadas y de ministerios, secuestros de millonarios, de líderes políticos, marchas de protestas contra el gobierno, negocios destruidos por bombas. Un comunicado expone los nuevos planes del gobierno: "Movilizar los cuerpos de seguridad en el campo y la ciudad para contrarrestar la violencia". Muchos ciudadanos desaparecen inexplicablemente. Cadáveres amanecen tirados en barrancos, ríos y en calles de la ciudad. Desfigurados por las torturas, con un balazo en la cabeza cuando menos. Monseñor Romero denuncia las masacres desde el púlpito de la catedral. Implora que se observen los derechos humanos y constitucionales del pueblo, que cese la violencia y se establezcan reformas favorables a los pobres.

Una oferta de empleo. El dolor de mi vacío estómago me empuja a investigarla. En el patio interior hay un teléfono. Mientras marco imagino miles de desesperados como yo llamando al mismo número ocupado. Trato una y otra vez y finalmente contestan. Sin esperar mi pregunta, la voz anuncia que la plaza ha sido concedida. Las ofertas en el periódico son escasas. No veo otra que despierte ni remotas esperanzas.

Un extraño presentimiento me aconseja no salir de casa este día. Las calles de San Salvador son sumamente peligrosas. Es tan fácil encontrarse, de repente, en medio de un tiroteo entre la policía y manifestantes. Es tan fácil terminar herido, o muerto... Esperaré. Quién sabe, acaso algún negocio de la ciudad responda hoy a mi solicitud de empleo.

El día se ha nublado. Empieza a llover. Escucho el ruido de las gotas de lluvia chocando contra el vidrio de la ventana. Como si alguien llamara con insistencia. La radio anuncia que los Sandinistas han vencido. Somoza abandonó Nicaragua.

Así se marchó la mañana y la tarde trae a Simón, el propietario del pupilaje. Viene a cobrar cuatro meses de alquiler atrasado.

"Le doy una semana más para que pague, de lo contrario, con todo el dolor de mi alma, lo tendré que echar a la calle."

"Ya tengo empleo y comienzo a trabajar la próxima semana. Le cancelaré toda la deuda de una vez con el primer pago
que reciba."

"Estoy cansado de oír la misma canción todos los días. Sus
palabras, Rogelio, son como las de los políticos, puras
babosadas."

Cierro la puerta con la esperanza de no verle mañana.
Los dos somos esclavos de la misma circunstancia. No le
queda otro camino que aceptar mis promesas. Si me echa me
iré debiéndole, y el cuarto permanecerá vacío por tiempo
indefinido, como es el caso de cinco habitaciones que no ha
podido alquilar desde que las desocuparon. Ambos hemos llegado a comprender esta situación que no tiene otra solución
que esperar a que las cosas se arreglen. Sabe que no puedo
pagarle pero viene a cobrar todos los días, acaso con la única
intención de demostrar su autoridad. Yo me hago el ofendido.
Él, el enojado. Triste juego de pobres.

Así se esfumó también la tarde. Dejándome un agrio
sabor de frustración en la boca. Aquí, en mi cuarto, otro día
más me había desafiado. Otro día que maldije al enfrentarme
con él en las esquinas, al abrir y cerrar ventanas, libros y
puertas, al encender las luces y apagar la radio, luchando
hasta el desconsuelo por la victoria de una llamada telefónica
que nunca llegó.

Esta noche, como en muchas otras, he de acostarme nuevamente con el estómago vacío, abrigando la esperanza de que
las pesadillas me liberen, siquiera en sueños, del hambre, y de
las deudas que no he podido mermar ni empeñando el reloj de
puño y mi preciado anillo de graduación de bachillerato noc-
turno. Mi situación me ha obligado al ocio por tiempo
indefinido. No puedo adquirir materiales para pintar. Cuando
la desesperación me lo permite, me conformo con hacer dibujos al lápiz sobre cartón de cajas que consigo en la tienda de la
esquina.

A la sombra del sueño puedo divagar sobre mis ocupa-
ciones anteriores. Vendía automóviles que nadie compraba por

caros. Profesaba francés, que no hablo, en una escuela noctur-
na incendiada por agitadores. Chofer de un hombre adinerado
que fue secuestrado y nunca apareció. Telefonista de un banco
saqueado. Pequeñas industrias que me permitían una existencia con limitaciones económicas, pero honesta y, sobre todo,
ciertos fondos para obtener materiales y pintar en las noches y
los fines de semana. Soy, como decía Gauguin antes de
escapar a Tahití, "Pintor de domingos". Pero ahora no llego ni
a eso porque, a pesar de que dispongo de tiempo suficiente
para pintar, no tengo para comprar una brocha barata.

Ahora todo es diferente. Difícil. A veces quisiera
quedarme dormido para siempre.

¡INTERRUMPIMOS LA TRANSMISIÓN PARA INFORMAR AL PUEBLO SALVADOREÑO QUE FUERZAS MILITARES PROGRESISTAS HAN DECLARADO UN GOLPE DE ESTADO. SE SUSPENDEN LAS GARANTÍAS CONSTITUCIONALES Y QUEDA ESTABLECIDA LA LEY MARCIAL Y EL ESTADO DE SITIO HASTA NUEVO AVISO. MANTENERSE EN SINTONÍA PARA RECIBIR MÁS DETALLES SOBRE EL GOLPE DE ESTADO!

La noticia se propagó inmediatamente por el pupilaje y los inquilinos, presas de confusión y desconfianza, comenzaron a congregarse en el patio. Algunos fueron sorprendidos en el sueño y, semidesnudos, abandonaban sus cuartos; otros en el consumo de alimentos, y salían al patio portando platos de comida. Las radios insistían en pregonar los decretos del nuevo gobierno. Los niños correteaban.

—¡Qué joden estos cipotes! —dijo Simón, visiblemente perturbado.

—¡La bragueta don Simón! —señaló con un dedo Bolaños, el mecánico.

—¡Huy, dispensen! Es que la noticia me sacó de la cama a la gran carrera.

Giró sobre sus talones y, de espaldas a la maestra, abrochó la bragueta de su pantalón color caqui. Ella, mientras tanto, para disimular las indiscreciones del propietario, hablaba sobre la inocencia de los niños entretenidos en jugar a la guerra. Los inquilinos entraban y salían de sus piezas. Los comentarios luchaban contra los gritos de la radio.

"¡SE FORMARÁ UN GOBIERNO VERDADERAMENTE DEMOCRÁTICO!"

Bolaños acababa de regresar del trabajo y, desatendiendo los regaños de su mujer, aprovechó la confusión para destapar una botella de aguardiente.

—¡Saludemos la patria orgullosos! Bachiller venga, tómese un trago, no friegue hombre, ¿y entonces pues? "¡SE GARANTIZARÁN LOS DERECHOS HUMANOS Y CONSTITUCIONALES DEL PUEBLO!"

—¡Bachiller, qué le parece, nuevo gobierno! —exclamó Beto, contador público, quien ocupaba el cuarto contiguo al de Rogelio.

Lupe hacía tortillas y calentaba frijoles. Ramona ofrecía queso fresco y café.

—¡Vengan, comamos! —invitó la mujer de Simón.

"¡SE ESTABLECERÁ UNA VERDADERA REFORMA AGRARIA!"

—¡Oigan, qué promesas! —recalcó el contador honestamente emocionado—. Ahora sí que las cosas van a cambiar.

Los inquilinos circulaban por el patio como hormigas nerviosas.

—Ahí hay tortillas —indicó Lupe.

—Sírvanse frijoles y queso —agregó Ramona.

—¿Un traguito? —insistió Bolaños—. Ahora sí es cierto que El Salvador se va a componer. ¡Salud!

"¡HABRÁ ELECCIONES LIBRES!"

Para Rogelio, este día trajo algo muy positivo: comida. Sobre todo hoy que había decidido ayunar por no ir a ponerse de rodillas a la tienda de la esquina.

—¿Más frijoles? —ofreció Ramona a Rogelio.

—Sí, por favor —contestó él, alargando el brazo para acercar el plato.

—¿Más tortillas? ¿Y queso?

—Sí, muy amable —extendió una mano.

"¡SE DARÁ AMNISTÍA A PRESOS POLÍTICOS!"

—¿Quién quiere café?

—A mí que me den otro cachimbazo —recomendó Bolaños—. El café no embola.

"¡SE INVESTIGARÁN ABUSOS A LOS DERECHOS HUMANOS!"

El mediodía encontró a los habitantes del pupilaje departiendo alegremente bajo la sombra del árbol en medio del patio. Las radiodifusoras transmitían los usuales anuncios comerciales y las canciones de moda, interrumpiendo la programación de vez en cuando para pasar algún informe de última hora sobre el pacífico golpe de Estado.

—¡Venga Rogelio, siéntese! —indicó Simón, botella en mano, complacido y complaciente—. Celebremos el nuevo gobierno, ¿qué le sirvo, cerveza o Tic-tac? Siéntese hombre, no tenga pena.

—El golpe se hizo guasa —dijo Rogelio tomando asiento junto a la maestra—. Los salvadoreños no perdemos tiempo.

—¡Ay, perdón! —se disculpó Simón por haber eructado. Se cubrió la boca con una mano y con la otra se golpeó el pecho, eructando nuevamente sin poder controlarse.

—¡A la gran púchica Simón, respetá a la gente! —exclamó su esposa—. Ya parecés caballo.

Nuevamente, la maestra se hizo la desentendida ante el imprudente comportamiento de Simón. El mecánico lanzó una estridente carcajada y se llevó a la boca el vaso de aguardiente

—¿Y por qué no festejar? —dijo la maestra forzando una sonrisa—. Aprovechemos la ocasión, no sabemos si mañana amaneceremos vivos.

—¡Buena idea! —apoyó Bolaños.

—¡Salud, compañeros de desgracia! —gritó Simoncito, estudiante universitario, hijo del propietario.

—¡Salud! —corearon alzando botellas y vasos.

—Estas son horas en que los ministros depuestos están llorando a moco tendido —afirmó la mujer del mecánico, sosteniendo una criatura en sus brazos—. Pero nosotros no tenemos qué perder, estamos tan pobres como antes.

—No ganamos absolutamente nada —aclaró el estudiante—. Este golpe nada tiene que ver con las necesidades del pueblo.

Bolaños ofreció otra bebida a la maestra y ella la aceptó.

—¡Así se hace señorita! —alzó un vaso junto con el de ella—. ¡Salud!

—Yo prefiero un gobierno moderado a un extremista —apuntó el contador justamente después de un largo sorbo de cerveza—. Y me parece que por ahí vamos. Ya ven, van a poner en libertad a los presos políticos, y a permitir que civiles participen en la Junta de Gobierno, ¿qué más quieren?

—Son las promesas de cajón —dijo el estudiante yendo hacia la mesa en que estaban dispuestas las cervezas y el aguardiente.

Los niños corrían y gritaban, escondiéndose entre los inquilinos.

—¡Yo ya te maté, tirate al suelo!

—¡No, vos tirate, yo te di primero!

—¡Yo soy militar!

—¡Yo soy guerrillero!

—¡Mi pistola es más grande que la tuya!

—¡Sí pero yo tengo un tanque y vos no!

—Qué divertidos son estos cipotes —comentó Rogelio al tiempo que Bolaños depositaba en su mano un vaso con aguardiente.

—¡Adelante bachiller! No se me quede. ¡Salud!

—Todo es tan confuso —la maestra se arregló la cabellera larga y negra—. Uno ya no sabe ni qué pensar.

El estudiante alzó la voz, como si predicara.

—¡Lo que aquí conviene es una acción cortante! ¡Un cambio profundo que reforme sectores políticos y económicos! ¡Que elimine diferencias sociales! ¡Es decir, una reorganización total!

—¿Otro traguito señorita?

—Sí, muy amable.

—Claro, esta clase de cambio va más allá de ambiciones personales y de clases. ¡Es una acción en que los intereses individuales se hacen a un lado en pro de una solución que beneficie a la mayoría!

—¡Así se habla! ¡Así se orina parando el chorro! —Bolaños se tambaleaba—. ¡Salud!

—¡El que posee demasiado ha de ceder parte de su propiedad al bien común! ¡El poder también será compartido!

—¿Señorita, otro chiquito? ¿Don Simón? ¿Señora? ¿Bachiller? ¿Puro o con limón?

—¡En fin, trabajar unidos por un destino común! Y eso no es nada nuevo. ¡Es exactamente lo mismo que quiso hacer Jesucristo!

—¡Y lo que cachó fue morir crucificado! —enfatizó Bolaños aferrado a una botella.

—¡Así es que señoras y señores, mejor emborrachémonos! —gritó el contador.

Bolaños continuó repartiendo aguardiente y el estudiante cerveza. La maestra sonreía y el contador bebía a grandes sorbos.

Las horas transcurrieron consumiendo botellas y argumentos políticos de toda posición y color. Las mujeres limpiaron las mesas y luego sirvieron humeantes platos de comida.

—¿Queso, Rogelio?

—Sí, por favor.

—A mí me dan puros frijoles y aunque sea una tortilla tiesa —pidió el mecánico—. Yo tengo gusto de pobre, pero eso no me avergüenza.

En una esquina del patio, el estudiante y el contador se habían enfrascado en una reñida discusión. Cerveza en mano y con acalorados argumentos, arreglaban y desarreglaban el país. Varias personas les rodeaban, escuchándoles con cierto interés.

—¿Otro trago?

—Sí, por favor, muy amable.

—¿Más queso?

—Muy bien, gracias —Rogelio se acercó a las tortillas y tomó tres—. Muy amable señorita.

—Este bachiller sí que come con ganas —acertó Bolaños.

—Trabaja como enfermo y come como alentado —dijo Simón con sus sarcasmos de costumbre.

Se encendieron las luces del patio y todos repararon en que había anochecido. Apareció un tocadiscos. Se escuchó el grito de "¡Todos a bailar!" Simón y su mujer iniciaron el baile. Con pasos sincronizados seguían el frenético ritmo de Paquito Palavicini: "El Salvador, es un país chiquito, chiquitititito, chiquitito, chiquitito, en cambio el otro, es un país grandote, grandototote, tototote, tototote..."

La maestra, inesperadamente, tomó de la mano a Rogelio y le sacó a bailar.

—Yo no bailo señorita, discúlpeme.

—No se preocupe, los tragos le van a enseñar.

—Perdón señora, ¿me paré en usted? Disculpe, son los tragos.

—Son sus patas, Bolañitos.

—No fui yo señora, el bachiller está más borracho que yo.

El patio se convirtió en alegre pista de baile. "Chiquitititito, chiquitito, chiquitito..."

—El país se derrumba y nosotros aquí gozando de la vida como si nada pasara —Rogelio trataba de seguir el paso de la maestra.

—Hay que aprovechar estos extraños momentos de alegría cuanto más podamos —ella, sonriente y moviendo las caderas al ritmo de la cumbia, acercó su cuerpo al del muchacho—. Además que el estudiante y el contador ya encontrarán la solución, ¿no te parece? —ríe en forma picaresca y le estrecha, tuteándole con una confianza que él no le había ofrecido pero que ahora se alegraba que ella la hubiera tomado.

—Tenés toda la razón —dijo exaltado por los tragos y la música, por la cercanía del cuerpo suave y perfumado de la maestra—. Tenés toda la razón del mundo.

—He observado que nunca te mezclas con el resto de los pupilos. ¿Por qué tan insociable?

—Es mi manera de ser. Hablo poco. Leo y pinto. Eso es todo. Me cuesta mucho trabajo entrar en amistad.

—Llámame Lourdes y yo te llamaré Rogelio —dijo con una sonrisa que hizo palpitar con mucha fuerza el corazón del muchacho—. ¿De acuerdo?

—De acuerdo —dijo conteniendo un repentino impulso de acariciarle el cabello negro, liso, largo. Sentíase muy emocionado. Descubrió que, a pesar de nunca antes haber bailado, ahora sus piernas se movían libremente al marcado compás de la música.

El pupilaje entero bailaba, bebía, hablaba, cantaba, gritaba. Toda esa euforia resultaba agradable a Rogelio. Lamentablemente, de pronto recordó que sólo se trataba de un raro paréntesis en su situación de hambre y angustia, en un presente caótico que pronosticaba un futuro acaso peor. Y ahora, rodeado de cuerpos sudorosos, danzantes, bulliciosos y hebrios, frente a un delicado cuerpo de mujer, intoxicado por el alcohol, las risas y la música, con el estómago satisfecho, Rogelio sentíase poseído de algo tan extraño que sospechó estar experimentando la misma felicidad, o algo muy parecido.

—¡Yo soy Rogelio! —gritó de repente, llevado por un fuerte ímpetu de euforia—. ¡Una persona de carne y hueso!

—¡Adentro Cojutepeque! —secundó el mecánico.

—¡Qué se mueran los feos! —gritó el contador.

—¡Qué viva Monseñor Romero! —exclamó la maestra.

Y todos respondieron en coro "¡Qué viva!"

A esas alturas de la noche, alguien comentó que ya eran pasadas las doce, y la mujer de Simón aminoró el sonido de la música. Algunas parejas continuaron bailando suaves boleros. Ayudado por su mujer, Simón se internó en un cuarto. Un desesperado ruido de vómitos se originó en el baño.

Rogelio estaba tan borracho que le era casi imposible mantenerse en pie. Los pocos pasos que tuvo que dar para retirarse a su pieza representaron para él verdadera hazaña. Finalmente ingresó en el cuarto, caminando en la oscuridad, y cuando sintió que el borde de la cama le rozaba las rodillas, se dejó caer pesadamente sobre el lecho. Escuchaba muy distantes las voces del trío Los Panchos: "Sin un amor el alma muere desolada, sacrificada en el dolor, sacrificada sin razón, sin un amor no hay salvación... "

Cuando abrió los ojos, el sol de la mañana se filtraba por el calado de agujeros que bordaban la puerta iluminando el interior del cuarto y, para su gran sorpresa, el cuerpo de Lourdes que descansaba junto al suyo.

Llamaron a la puerta. Era Simón. Frotándome los ojos esperé sus usuales amenazas.

"¿Todavía está durmiendo? A la gran púchica. Déjese de haraganerías hombre. Si yo estuviera en su situación todos los días me levantara tempranito, y mire, recorrería las calles de la ciudad de almacén en almacén, y le apuesto a que consigo trabajo de cualquier cosa, aunque fuera de barrer parques."

Pensé decirle que los parques ya no se barrían, que se habían vuelto cementerios, pero me contuve.

"Ya veo que no le gusta trabajar. Usted es de los que quieren entejar en la sombra. Tome, le acaba de llegar esta carta 'entrega inmediata' de La Tribuna. Quién sabe, a lo mejor consigue chance de periodista, se hace rico y se olvida de nosotros."

Ignorando los sarcasmos del viejo, tomé el sobre y lo desgarré ansiosamente. "Favor de presentarse a nuestras oficinas. Plaza vacante." Leí dos, tres veces, aún sin atreverme a dar crédito al mensaje. Mostré el papel a Simón quien, al leerlo, soltó una carcajada.

"¡Qué relajo! Yo nunca creí que usted conseguiría trabajo, porque lo único que ha hecho en todo este tiempo es estar echado en la cama roncando todo el día, cuando no ha estado pintando esos horrorosos cuadros."

La camisa blanca y el pantalón oscuro, la mudada de "reir y llorar", habían esperado con suma paciencia colgando de los ganchos en una esquina del cuarto, cubiertos de polvo y telarañas. Finalmente se les presentó la oportunidad de sacudirse y darle forma a mi esqueleto, sacarlo a la calle y empujarlo a esperar el autobús hacia el centro de la ciudad, guiarlo hasta un edificio gris, meterlo en el ascensor, bajarlo en el quinto piso haciéndolo toser y traspirar, presentar la carta a la secretaria.

"Pase a la sala de espera. El señor administrador está en sesión. Sírvase café si gusta."

"Gracias señorita, muy amable."

Mi nervioso cuerpo fue hacia la sala y, tan pronto como se dejó caer sobre el sofá, se puso de pie. Café caliente. Ansiedad. Pasos indecisos. Examen del salón. Una ventana mostraba la ciudad: A lo lejos, caseríos en las faldas de la montaña. El sol vibrante y amarillo parecía gran moneda de oro desdibujada sobre el cielo azul, y las voluminosas nubes, gigantescas esferas de leche. Calles atestadas de buses, carros, gente, humo, ruido. Una marcha de protesta venía por la avenida principal. Carteles. Gritos. "¡ELECCIONES LIBRES!" "¡LIBERTAD A PRESOS POLÍTICOS!" "¡QUEREMOS VERDADERA DEMOCRACIA!"

"¡Villaverde!" llamaron a mis espaldas.

"Sí, señor, a sus órdenes," alargué automáticamente una mano insegura que el hombre no se atrevió a estrechar.

"No tengo tiempo para explicaciones. Acabo de salir de una sesión y me esperan otras. Aquí hay mucho que hacer. Necesito una persona activa y dispuesta a todo. Que haga limpieza y mandados. Veo que usted es bachiller. De vez en cuando tendrá que asistir al jefe de redacción. Si es inteligente puede llegar a ser reportero. Bueno, eso es todo. Si acepta el trabajo hable con la secretaria."

Extendió la mano para que yo se la estrechara. Se alejó y jamás volví a verle. La secretaria me entregó unos formularios.

"Bienvenido a La Tribuna. Sus datos personales. Buena letra por favor. ¿Se llama Rogelio?"

"Sí, señorita, a sus órdenes."

"La plaza paga ciento cincuenta colones por quincena," dijo con malicia y hasta con cierta actitud prepotente.

Sabía que esas eran las palabras exactas que yo necesitaba escuchar en estos momentos. Palabras mágicas que me otorgaban permiso en efectivo para existir, aunque fuera a medias. Me hablaban de alimento y pago de deudas. Me devolvían un derecho: el de ser alguien, el de ser un cuidadano productivo y no haragán forzado.

Ni corto ni perezoso, comencé a trabajar esa misma mañana. Pasé la escoba y el trapeador por cuartos y corredores. Durante la tarde recogí y repartí recados de oficina en oficina. El reloj marcó por fin las cinco de la tarde y todos los empleados salimos en estampida hacia los ascensores.

"Qué suerte es tener trabajo," pensé apretujado en el ascensor, rodeado de caras serias y silenciosas. Se abrieron las puertas y la gente se lanzó a la calle, corriendo a tomar el autobús.

Cuando ya me encontraba en la calle y caminaba entre el congestionamiento de automóviles, gente y autobuses, apareció ante mis ojos el rótulo de Restaurante El Oasis. El calor de la tarde me incitó la sed de una cerveza, la que pensé beber con gran gusto para celebrar mi nuevo empleo.

El lugar estaba desierto, lo que me pareció curioso por tratarse de un restaurante ubicado en el centro de la ciudad. La silueta de un sujeto se dibujó desde un rincón semioscuro. Le pedí una Pílsener y al instante trajo una botella y un vaso que mecánicamente depositó sobre el mostrador.

"No se tarde mucho, por favor," dijo. "Cierro a las seis. No quiero que me agarre la noche en la calle."

Encendí un cigarrillo y pasé la mirada por el desolado negocio.

"No se preocupe, entiendo," dije. "Tampoco yo me aventuro a caminar en la oscuridad..."

De pronto, el temor y la desconfianza de hablar con un desconocido sobre la crisis nacional detuvo el impulso de mis palabras, y terminé diciéndolas en secreto: "Todos sabemos que en este país oscuridad es sinónimo de secuestros, arrestos, bombas, incendios y asesinatos... Cuando amanece damos gracias a Dios de encontrarnos vivos y enteros. La gente y la ciudad cambian de cara de la noche a la mañana."

El hombre sirvióse también una cerveza.

Puse un billete de cinco colones sobre el mostrador. Los deseos de tomar cerveza y de hacer partícipe al cantinero de mi alegría de haber conseguido empleo al cabo de seis meses de ocio, vergüenza y hambre, se habían esfumado.

"Mejor me voy a casa y me encierro," dije. "En realidad, no es conveniente andar vagando por la ciudad en estos tiempos."

"No se aflija hombre," replicó. "Si no se mete en problemas no tiene por qué temer."

Tomó el billete del mostrador y, mientras me entregaba el vuelto, su cara forzó una mueca parecida a la sonrisa.

"Como están las cosas, es muy fácil meterse en problemas," dije.

Emitió un prolongado suspiro y el intento de sonrisa se le desvaneció del rostro. Cogí el cambio y busqué la salida.

"Nos vemos otro día."

"Si Dios quiere. Que le vaya bien."

"Gracias."

El hombre me siguió hasta la puerta y la cerró de golpe apenas hube salido.

Me sumé al gentío congregado en una esquina de la calle para esperar el autobús él que, minutos después, llegó atestado como era de esperarse a esta hora. Mujeres, ancianos, niños, empleados de saco y de corbata, mujeres con canastos y hombres con bultos, trataban de abordarlo como si fuera el último. Yo mismo temí perderlo y, esquivando la mirada del motorista, me colé por la puerta de atrás mientras otros bajaban. El bus quedó repleto pero la gente trataba de abordarlo aún cuando ya había reanudado la marcha ruidosa por las calles ahumadas y sucias de la ciudad.

Mientras viajaba entre inmóviles cuerpos sudorosos, me asaltó el recuerdo de Ignacio. La incógnita me inquietó nuevamente. ¿Qué habrá sido de él? Mi vista atravesaba los vidrios rotos de la camioneta y se perdía en las aceras. El lejano instante en que llegó la noticia recobró vida en mi memoria. Lo recuerdo todo muy bien: Llamaron a la puerta. El mensajero me entregó un telegrama. Rompí el sobre y me encontré con la tenebrosa frase: "Ignacio murió ayer."

Ese mismo día, horas después, me comuniqué con su hermano por teléfono.

"La verdad es que no sabemos la causa de su muerte," afirmó. "Cuando bajé a su taller, encontré una nota firmada de su puño y letra en que hacía constar que se había suicidado. Lo curioso es que su cuerpo no estaba ahí... Usted bien sabe cómo están las cosas aquí en El Salvador. La gente desaparece día y noche, sin explicaciones de nadie... Es mejor ni tratar de averiguarlo. Usted quédese tranquilo en Nueva York. No se le ocurra venir. No es saludable."

Transcurrían los días y me atormentaban interminables conjeturas que no explicaban la desaparición de mi amigo. Mi desesperación crecía. La idea de su incierta muerte me obsesionaba... mi mejor amigo, mi hermano pintor, compañero de aventuras inolvidables, borrado de la faz del planeta. ¿Por qué? ¿Por quién? Tenía que haber una explicación.

Fue así que, siete años después de vivir en Nueva York, indocumentado como miles de personas, regresé al país. Busqué incansablemente a Ignacio por todas partes. Pregunté por él en los cuarteles del Ejército, en la Guardia Nacional y en la Policía Nacional; en la Policía de Hacienda y en la Municipal. Visité hospitales y morgues. Inclusive, fui al Ministerio del Interior. Las visitas eran largas y complicadas. En la Comisión de Derechos Humanos me hicieron revisar promontorios de fotografías, en las que no pude distinguir absolutamente nada porque mostraban caras desfiguradas por torturas y balazos. Recorrí las oficinas de todos los periódicos y hasta pagué un aviso pidiendo cualquier información sobre mi amigo. Todo resultó ser inútil. El silencio fue la única respuesta a mis preguntas.

"El día en que a mí me maten que sea de cinco balazos, y estar cerquita de ti," cantaba la radio de un pasajero. La canción competía con el ruido del atestado autobús que recorría la ciudad inmersa en su violento trajín cotidiano.

LA JUNTA, FORMADA POR 3 CIVILES Y 2 MILITARES, TOMA POSESIÓN DEL GOBIERNO. ESTADOS UNIDOS AYUDA A LA JUNTA CON $200,000 EN MATERIAL PARA COMBATIR DEMOSTRACIONES, Y CON 6 ASESORES MILITARES PARA ADIESTRAR A LAS FUERZAS DE SEGURIDAD EN SU USO.

Sala de redacción. Los muebles se reducen a un librero y dos escritorios. Hay papeles regados por todas partes, incluso en las paredes, de las que cuelgan fotografías con escenas de la ciudad y retratos de personalidades del medio político y cultural; calendarios con figuras de santos y estampas turísticas. Una puerta de la sala comunica al pasillo que desemboca en las oficinas. Una ventana muestra la ciudad. En la sala se encuentran dos personas concentradas en su trabajo. El jefe de redacción, a quien se le conoce simplemente como Domínguez, es un hombre de cincuenticinco años de edad, cabello gris, tez morena, frágil contextura física, fumador empedernido. Su asistente, Rogelio Villaverde, es novato en el oficio del periodismo.

Domínguez: Usted sí que aprende rápido Rogelio. Es admirable que en el corto tiempo que lleva trabajando aquí haya aprendido a copiar artículos y a corregir pruebas. Estoy muy satisfecho de su trabajo. Creo que pronto estará listo para salir a la calle, a recoger información y redactar sus propios artículos.

Rogelio: No es para tanto. Eso me parece demasiado complicado. No creo tener madera de reportero.

Domínguez: Es muy fácil. Sólo tiene que poner atención a los sucesos del día.

Rogelio: Temo que mis emociones intervengan.

Domínguez: Olvide sus emociones. Cuando se escribe para un periódico se reflejan los acontecimientos sin exagerar o incluir puntos de vista personales. Comente los hechos como son y no su modo de pensar. Nosotros representamos una voz de la oposición moderada, con palabras bien medidas.

Rogelio: Un juego calculado.

Domínguez: Así es. Fríamente calculado. Pues hay que tener en cuenta que en este país la derecha tiene, y siempre ha tenido, el control de la prensa. Aunque somos un periódico pequeño y de circulación limitada, no debemos descuidarnos y publicar algo demasiado fuerte en contra del gobierno, de lo contrario, ahí termina todo.

Rogelio: No entiendo cómo puede subsistir aquí un periódico por insignificante que sea, con un punto de vista diferente al oficial y de los otros medios de prensa.

Domínguez: Bueno, existimos porque, entre otras cosas, el propietario viene de cierta familia adinerada, y somos tan pequeños que no representamos un peligro directo para el presente régimen. Claro está, llegará el momento en que la situación se pondrá tan difícil que no permitirán la más mínima oposición. Pero mientras ese momento no llega, nosotros funcionamos. Se puede decir que operamos con el tiempo marcado.

Rogelio: Entonces, nunca se puede decir la verdad abiertamente.

Domínguez: Bueno, creo que decimos la verdad, lo que pasa es que nos obligan a disfrazarla. Pero, entre líneas, decimos por ejemplo, que las reformas que propone la Junta no son viables, que son las promesas de siempre, que sólo les agregan la palabrita "revolucionaria" para darles brillo pero que, en resumidas cuentas, no significan nada.

Rogelio: ¿Y por qué no decirlo así, entonces?

Domínguez: Porque, como le digo, hay que saberlo decir. Tampoco existimos para contradecir al gobierno únicamente, sino para presentar una opinión que ofrezca alternativas. Esa es la función de la prensa progresista y responsable.

Rogelio (un tanto perturbado regresa a su escritorio): Decir la verdad disfrazada es lo mismo que decir una mentira. En ese sentido, este periódico no se diferencia del resto en lo más mínimo. Ahora entiendo lo de "juego fríamente calculado".

Domínguez (siguiendo al muchacho, hablando a sus espaldas): Entiendo su frustración Rogelio. Yo también fui joven. Aspiraba a convertirme en gran periodista. Librepensador. Delatar abusos. Defender al débil. Pero desde el principio me di cuenta de que el periodismo aquí no existe. No somos más que simples comentaristas con espacio de acción limitado, si no inexistente. Si empezamos a sacar las uñas demasiado, corremos el riesgo de desaparecer oscuramente. ¿Entiende el juego y sus consecuencias, muchacho? ¿Ah? (Mirándolo a la cara.)

Rogelio: Es bastante claro.

Domínguez: Yo así lo entiendo. Sin embargo, debo decirle que todas las noches me voy a la cama pensando en todas las verdades que pudimos haber publicado si estuviéramos en un país donde existiera verdadera libertad de prensa. La mayor parte de las veces no puedo dormir, la conciencia me remuerde. En varias ocasiones he intentado abandonar el trabajo pero, como ya estoy acostumbrado a comer tres veces al día, me entra cobardía y termino tomando la suave alternativa de la complacencia, sobre todo al pensar que, en un país como éste, nada cambia, y lo que es peor, tampoco se transforma.

Rogelio: Quizás lo que le da sentido a este noticiero es que, por insignificante que parezca, representa una esperanza para aquellos que luchan por cambiar las cosas; es un minúsculo apoyo solidario a sus aspiraciones.

Domínguez: ¿Minúsculo apoyo solidario? ¡Qué juego de palabras! Veo que ya está entrando en calor... Así es Rogelio, usted lo ha dicho. Esa es nuestra razón de ser... Y regresando a la realidad, como usted sabe Villaverde, estamos cortos de reporteros. Uno se ha enfermado. Otro cambió de profesión por temor a las consecuencias. Hay tantos sucesos en la ciudad y debemos cubrir algunos. Por lo tanto, me veo obligado a mandarlo a que entreviste a los del Bloque Popular Revolucionario que han ocupado la Catedral. Irá con Ramos, el fotógrafo. Quiero que me traigan material suficiente para la edición de esta semana. (Le entrega una tarjeta.) Presente este carnet de La Tribuna para que lo dejen entrar al templo.

Rogelio (reacio a los mandatos del jefe): Pero Domínguez, ¿no entiende que no sé qué hacer? No sé ni por donde empezar.

Domínguez: No se preocupe, muchacho. Hágales cualquier pregunta. Ellos le dirán hasta lo que han comido. Les encanta la publicidad. De lo contrario no harían nada.

(Llaman a la puerta y entra Ramos cargando su equipaje.)

Domínguez (adelantándose a saludar): Ah, si es nada menos que el gran fotógrafo de La Tribuna.

Ramos (acercándose a Rogelio): Me dicen que vamos a trabajar juntos. Espero que esté preparado para aguantar los porrazos. Mire, este golpe lo recibí ayer en una demostración. No en valde me llaman Chichón Ramos.

(Ramos lanza una carcajada. Rogelio, tímido y callado, permanece en su rincón. Domínguez entrega a Rogelio una libreta y un lápiz, luego se dirige al fotógrafo.)

Domínguez: Usted Ramos, no sea llorón, que esos incidentes son parte del oficio. Vayan ahora mismo a la Catedral y no regresen hasta que hayan conseguido un amplio reporte con buenas fotografías. ¡A la calle!

(Ramos sale de la oficina. Rogelio le sigue con aparente indiferencia. Domínguez, mientras tanto, se ha quedado plantado en el centro de la oficina, observando el techo enigmáticamente.)

Un fin de semana finalmente fuimos con Rogelio a Ilobasco, mi pueblo natal, situado en el departamento de Cabañas, a 55 kilómetros de San Salvador. Mi familia es toda de allí. Desde mis abuelos, cuyos ascendientes fueron pobladores de estas tierras muchos siglos antes de que llegaran los españoles. Ilobasco, o Xilobasco, viene de las voces ulúas Xilo-huax-co, que significa "En los bejucos tiernos". El ulúa es el idioma que más se habló después del pipil en la tierra que actualmente se conoce como El Salvador. Hay en mis padres rastros de esa sangre antigua y grandiosa, de pueblos trabajadores, artistas, artesanos de la piedra, el barro, constructores de templos y pirámides, poetas, guerreros pertenecientes a la civilización maya que se extendió desde Uxmal y Chichén Itzá en Yucatán, México, hasta Tikal, Copán y Tazumal en Centroamérica.

Yo estaba ansiosa porque mis padres conocieran a Rogelio. Les había hablado tanto de él que ellos mismos empezaron a interesarse por conocerle.

Recuerdo con suma claridad todos los detalles del viaje, el cual se inició el mediodía caluroso de un sábado en que fuimos a tomar el bus a la terminal de oriente.

Abordamos la camioneta y nos acomodamos en los asientos del fondo. Pocas personas viajaban. Media hora después, el vehículo abandonó la estación como a la fuerza, con una lentitud increíble, y luego entró en una desquebrajada y sucia calle. Los escasos pasajeros viajaban en completo silencio. Tal vez temerosos por la incertidumbre del viaje hacia el interior del país. Quizás desconfiados del vehículo que daba señales de desmantelarse en cualquier momento.

El monótono ruido de la máquina y el desolado paisaje invitaban al aburrimiento. Pedí a Rogelio que me narrara una de sus acostumbradas pesadillas, lo cual hizo con gusto. Al final, comenté que bien podía escribir un relato basado en el sueño.

"Mi tiempo libre lo dedico a la pintura," dijo.

Mi interés fue tal que dije lo escribiría yo misma. Rogelio ignoraba que yo tenía esa habilidad y se admiró al saber que hacía poesía.

"Lo decís como si fuera cosa sencilla. Me gustaría leer algo tuyo. Me encanta la poesía. Alguna vez quise escribir versos pero me di cuenta de que, para decir lo que pretendo, necesito color y forma."

Le contesté que la poesía, en cierto modo, también hace uso del color y las formas.

"Escribo desde los catorce años. Nunca he publicado porque, además de difícil, en este país la literatura no vale nada. Cuando decís que sos poeta te miran como a un vago o a un loco. Peor si sos mujer."

"Igual sucede con las artes plásticas. Pinto sólo porque me hace olvidar la realidad. Es mi terapia. El resto me tiene sin cuidado. Trabajo de cualquier cosa para costearme la medicina. Sé perfectamente que mis pinturas no me van a dar de comer. Tampoco aspiro a impresionar a nadie. El grueso del pueblo es pobre. A los ricos, su fortuna les ahoga en la indiferencia. El resto, los que la van pasando a medias, se preocupan por cuidar su trabajo y subsistir."

"Tus comentarios son tristes pero reales, Rogelio. En este país la cultura vale un pito. El arte es un lujo al que los pobres no podemos aspirar."

"¡En estas tierras el artista está frito! Así es que Lourdes, estamos fritos juntos. Vos por tu pluma y yo por mis pinceles. Ah, qué tragedia, ¿no te parece?"

Ambos nos esforzamos por sonreír pero recuerdo que tanto su sonrisa como la mía, no lograron esconder la desilusión. A veces, hasta la sonrisa se niega a ser cómplice de nuestros desengaños. La conversación dejó en mí un oscuro sentimiento de desolación. Rogelio estaba pensativo y acaso también triste. Me acerqué a él y, estrechando sus manos con las mías, le susurré un poema:

"El poco amor

que todavía envuelve al mundo

lo salva del caos total.

Por eso

el amor hay que gritarlo,

sacarlo de nuestro fondo oscuro y solitario,

para que sirva de surco

y germine la flor

de un amor mucho mayor:

El amor a la humanidad.

El amor de todos

y para todos.

Porque de lo contrario

es sólo amor a nosotros mismos:

Amor de déspota.

Amor de uno

y no de todos."

GRUPOS GUERRILLEROS INTENSIFICAN OFENSIVA "ANTE LA REPRESIÓN DE LAS FUERZAS DE SEGURIDAD Y LA INHABILIDAD DE LA JUNTA DE ESTABLECER VERDADERAS REFORMAS". INCENDIAN SEIS AVIONES EN SANTA CRUZ PORTILLO Y EJECUTAN A CAFETALERO Y DOS LÍDERES DE ULTRADERECHA. REBELDES SUELTAN NUEVE REHENES INCLUYENDO UNA NORTEAMERICANA DEL CUERPO DE PAZ.

Domínguez: ¡Tremendo comentario el que escribió Rogelio! Tiene un buen futuro como reportero.

Rogelio (como si estuviera esperando oír aquellas palabras levanta de su asiento, irritado): Este es un trabajo sin sentido... Sólo hace unas horas que entrevisté a ese muchacho, y acabo de oír por la radio que esta mañana encontraron su cadáver en los alrededores de la Catedral. ¡Qué tragedia! Recuerdo que me habló de sus ideales, de su disposición a dar la vida si era necesario para que las cosas cambiaran... ¿Entiende, Domínguez?

Domínguez: Sí, entiendo...

Rogelio (alzando la voz): No, Domínguez, dispense que se lo diga pero ¡usted no entiende! Ese muchacho dio su vida por nosotros, por sus compañeros y enemigos... para que el país fuera un lugar digno para todos. ¿Es justo morir como un perro por querer arreglar el mundo? (Tira despectivamente unos papeles sobre el escritorio.) ¡Y nosotros midiendo nuestras palabras!

Domínguez: No, claro que no es justo. Yo comprendo que no lo es. Pero ese es el ambiente en que se hace periodismo aquí. ¡No se deje frustrar! La realidad nos obliga a seguir adelante Rogelio, a acostumbrarnos a la sangre... a la muerte. Siga escribiendo y hágalo con la convicción de que apoyamos los ideales que construirán un mundo mejor. Es nuestro único consuelo. (Va hacia la esquina de la sala en que, sobre una pequeña mesa, hay un frasco de vidrio con café instantáneo y un pichel de aluminio con agua sobre una hornilla eléctrica. Llena su taza, enciende un cigarrillo y se entrega a la lectura.)

Rogelio (con amargura): Es posible que usted tenga razón Domínguez. Además, esto es un simple trabajo y nosotros no somos más que pinches obreros. No tenemos palabra en el negocio. Estamos aquí para perpetuar una triste tradición, la de vacíos y anónimos comentaristas de periódico, escribiendo artículos y editoriales que no alcanzan a transformar la realidad.

Domínguez (se acerca a Rogelio con unos papeles): Usted lo ha dicho, Rogelio. Eso es el periodismo en este rincón del mundo. Un ejercicio de palabras que nada tiene que ver con nada. La realidad está ya determinada, es incambiable. (Adoptando una actitud paternal, un tanto melancólico, como si explicara a su propio hijo la amarga realidad de las cosas.) Sé muy bien que el desengaño es una píldora difícil de tragar. Sobre todo cuando se es joven y se tiene la cabeza llena de bellos y sanos ideales. Pero no se preocupe Rogelio, que después del trabajo nos clavamos unos tragos y ya verá qué rápido se le olvida el desengaño. Los tragos son fundamentales en el oficio de periodista.

Esa tarde, al concluir las faenas, el jefe de redacción y su asistente se encaminaron al restaurante El Oasis. El cantinero reconoció inmediatamente a Domínguez. Les saludó e indicó que ocuparan los asientos del fondo y que les traería cerveza.

El jefe empezó a relatar con cierta amargura el esfuerzo que hacía por mantenerse estimulado con el trabajo en La Tribuna. Habló sobre su solitaria vida personal. El silencio del muchacho parecía incomodarlo pero no cesaba de hablar, llenaba los vasos de cerveza y le insistía a que bebiera.

"Tome, tome, la cerveza aligera el espíritu."

Varios agentes de la policía entraron al restaurante y Domínguez calló de inmediato para observar sus movimientos.

"Esto huele mal. Aquí se va a armar la grande. Esté listo a tirarse debajo de una mesa cuando empiece el zafarrancho, y no se mueva hasta que termine."

"Posiblemente tienen sed y sólo han venido a tomarse unas gaseosas."

"No sé por qué, pero presiento que andan buscando a alguien que se encuentra aquí."

En el preciso instante en que un policía se llevaba a la boca un vaso de refresco, cuatro hombres que ocupaban la mesa cerca de la entrada sacaron sendas pistolas y abrieron fuego sobre los agentes, quienes inmediatamente respondieron con sus armas.

Jefe y asistente se tiraron al suelo. Las descargas sembraron el pánico entre los clientes y desataron gritos de dolor que se mezclaron con el ruido del derrumbe de vasos, botellas, sillas, mesas y cuerpos. El encuentro duró un par de minutos y ninguno de los contrincantes quedó vivo. Los sobrevivientes abandonaron su refugio bajo sillas y mesas. Domínguez se sacudió la ropa y buscó la salida a toda prisa.

"¡Vámonos al carajo!" dijo caminando alrededor de cuerpos desfigurados e inánimes que yacían sobre charcos de sangre, fragmentos de vasos, botellas y platos, desperdicios de comida, pedazos de muebles.

Se escuchaban las maldiciones y quejas de los heridos.

"¡Qué tiempos más mierda! Ya uno no puede ni tomarse una cerveza a gusto."

Domínguez había alcanzado salir a la calle.

"¡Vamos, Rogelio, apúrese! Salga, no se me quede, si no nos meten en líos."

Un taxi se detuvo y lo abordaron rápidamente. Bajo las instrucciones de Domínguez, el taxista les condujo hacia el barrio Modelo, luego a la Colonia Minerva en los alrededores de Casa Presidencial, para tomar la carretera hacia los Planes de Renderos. Al cabo de diez minutos de camino, se apartó de la calle principal y se internó en una vereda polvorienta y solitaria. Rogelio viajaba en silencio, aún aterrado por el tiroteo en El Oasis. El jefe hablaba incansablemente de cualquier cosa y el motorista, sin interrumpirle, escuchaba con paciencia. El carro se detuvo en medio de una espesa arboleda frente a una casa que parecía estar abandonada. El jefe pagó el taxi y se bajaron.

"¿Qué es esto? ¿Una casa de brujas?"

"Ya va a ver qué es," dijo y golpeó la puerta.

Se oyó una voz:

"¿Quién es? ¿Qué quiere?"

"Domínguez, abran."

La puerta se abrió, entraron y se cerró de inmediato.

El autobús aminoró la marcha. Efectivos de la Guardia Nacional detenían el tráfico. Después de media hora de espera, finalmente un oficial subió al bus y ordenó que bajáramos y nos formáramos en línea a un lado de la carretera. Un guardia se acercó y pidió ver nuestras cédulas de identidad, lo que de pronto produjo en mí cierto nerviosismo. Rogelio notó mi incomodidad y, para apaciguarme, empezó a acariciarme el cabello.

"No te preocupés Lourdes, es una inspección de rutina."

Mientras tanto, varios guardias registraban el interior del vehículo, hurgando paquetes, vaciando el contenido de bolsas y valijas en los asientos. El agente examinó nuestros documentos.

"¿Para dónde van? ¿De luna de miel?"

"Vamos para Ilobasco, a visitar a sus padres," respondió Rogelio con toda paciencia.

"¿Y qué es ella de usted? ¿Su mujer? ¿Su novia? A ver, conteste."

"Mi novia," dijo Rogelio. Yo me mordía los labios, ahora no de nerviosismo, sino de ira.

"¿Qué es usted? ¿De qué trabaja?"

"Soy... Soy pintor," dijo optando por no mencionar que era redactor de La Tribuna.

"¿Pintor de qué? ¿De paredes?"

"Pintor de pintura," respondió sin saber qué decir. "Pintor de cuadros."

"Ah, usted es pintor de paisajes. Ar-tis-ta," dijo el agente acentuando las sílabas burlonamente.

"Exacto," afirmó Rogelio sin perder la serenidad.

"Pues... a ver cuando me hace un retrato el compadre pintor," dijo el guardia de pronto cambiando su tosca actitud por una amigable. "¿Cree que me puede hacer un retratito?"

"Sí... Claro... Pero no ya, en otra ocasión por supuesto."

"Le voy a dar mi dirección," prosiguió verdaderamente interesado en su retrato.

"Pues... claro que sí," dijo Rogelio sintiéndose obligado a aceptar la insistente solicitud del agente. "Le haremos un buen retrato al señor guardia."

"Pero que no se le vaya a olvidar. Esta es mi dirección en la ciudad. Me llamo Ramón, me tiene a sus órdenes. Aquí tienen sus papeles. Todo está en orden. Que tengan sabrosa luna de miel," dijo guiñando un ojo y soltando una risotada.

A todo esto, los otros pasajeros habían subido al bus. Rogelio cargó con las maletas. El motorista encendió el motor y pidió que nos apuráramos. Cuando abordábamos la camioneta una mano se posó sobre los hombros de Rogelio. El se volvió creyendo que era la mía. Entonces advirtió la cara del guardia, tan cerca a la suya que alcanzó a ver el interior de la boca del hombre cuando hablaba.

"Oigame compadre pintor, tenga cuidado y pórtese bien. No le vayan a pasar las mismas que al pintor aquel que mataron por guerrillero."

Contrariado, y ya impaciente, Rogelio dijo que no sabía de quién hablaba.

"Aquel, hombre. Aquel pintor que se llamaba... Ignacio... Sí, Ignacio... No recuerdo el apellido. Pero tenga cuidado de todos modos, no se me vaya a morir antes de hacerme el retratito. Nos vemos."

Rogelio subió de un salto. El motorista cerró la puerta y aceleró a fondo. Noté entonces en la cara de Rogelio el estupor que le habían causado las sorpresivas palabras del guardia. "¿Ignacio muerto? ¿Por guerrillero? No puede ser," murmuraba. Rogelio estaba perplejo. Dijo que, después de todo, iría a ver al guardia la semana entrante.

"Le pintaré el retrato como excusa para sacarle información sobre Ignacio."

Observé la larga línea de vehículos paralizados. Imaginé la frustración y el cansancio que mostrarían las caras de los viajeros ante la autoridad examinando papeles.

"Qué perdedera de tiempo," dije exasperada por la demora.

"No te contraríes por cosa tan insignificante," rogó Rogelio. "Por lo menos el contratiempo no fue mayor. Además, no es culpa de ellos, es su trabajo. Sólo llevan a cabo las órdenes de los jefes. Los agentes de la guardia son gente del pueblo que, como vos y yo, también tienen que trabajar duro para ganarse los frijoles del día."

"Entiendo, pero muchos de ellos llevan sus obligaciones a extremos innecesarios."

"Olvidalo, Lourdes. Hablemos de algo que valga la pena. ¿Por qué no lees otro de tus poemas? El anterior me gustó mucho. Quiero oír más de tu poesía. Aún nos falta casi una hora de camino."

"A ver qué piensas de éste," dije sacando un papel de la cartera para leérselo.

"No importa cuándo, cómo ni dónde,
pero llegará el momento
de responder por tanto muerto.
La sangre derramada alimentará
los huesos de algún niño.
Ese niño que se preguntará
por qué nació sin padre,
por qué creció sin madre,
por qué le robaron su inocencia.
Ese niño que mañana será hombre
y exigirá que se le rindan cuentas."

—Hola viejo —dijo una mujer de pómulos pintados con rojo chillante, cejas azules, labios morados y pestañas postizas.

—Quihúbole Gorda.

—¿Y quién es este muchachito cara de santo?

—Es un joven reportero de gran futuro —el jefe abrazó a la mujer—. Conseguímele una buena muchacha, para que se le quite un pequeño susto que acaba de llevar.

—Pues adelante, que aquí todas somos de primera. Empezando por aquí —dándose unas palmadas en los abultados muslos y sosteniendo uno de sus enormes senos con ambas manos venosas de uñas plateadas—. ¿Verdá que sí, viejo loco? —riéndose de manera ruidosa y vulgar.

—Cierto —Domínguez le acarició la cabellera amarillenta y rizada—. Pero a él traémele una jovencita fresca, que no sepa tantas mañas como vos.

—Ni para tanto —dijo propiciando al muchacho una suave palmada en la mejilla.

Con un movimiento de cabeza indicó que la siguieran. Les llevó hasta un cuarto que iluminaba con suave luz roja un amplio sofá oscuro y una mesa de centro.

—Este es el Red Rum, tu cuarto favorito, viejo. Siéntense. Ya les mando unas muchachas para que los atiendan. Que se diviertan.

—Esto sí que es vida —Domínguez encendió un cigarrillo—. Un verdadero oasis. ¿Sabía usted que éste es uno de los mejores burdeles de la capital?

—¿La Gorda es la dueña?

—La administradora. Ni ella misma sabe quién es el propietario —murmurándole al oído que hablara en voz baja—. Le traen muchachas de pueblos y cantones, para que las inicie en el negocio.

—¿Quién las trae?

—Individuos que controlan el bajo mundo. Secuestran muchachas del campo. Operan varios prostíbulos en la ciudad, todos diferentes en categoría y precios. Tremendo negocio ¿no le parece?

—Tremenda corrupción. Excelente material para escribir un buen artículo, y denunciarla públicamente.

—Eso es perder el tiempo. El negocio de la prostitución es público y sabido de todos. Claro está, es una profesión inmoral, pero hay que reconocer que tiene cierto sentido económico.

—Pobres mujeres —el joven tomó asiento—. Son esclavas. Las explotan.

—No joda hombre. Déjese de amarguras. Estas mujeres son más vivas que usted y yo juntos. No se haga el santurrón. Por lo menos no andan en la calle mendigando. Aquí tienen casa y comida. Viven mejor que muchos salvadoreños que no tienen ni petate en que caer muertos. ¿Sabía usted que la prostitución es el oficio más antiguo del mundo?

—¿De dónde viene esa música?

—Del techo —el jefe se dejó caer en el sofá—. La música anula las conversaciones. Es por eso que aquí uno puede hablar y gritar a sus anchas. Esto es territorio libre. Para, entre otras cosas, hablar "paja" de toda clase sin ser incriminado.

—Hola —entró una muchacha con vestido transparente portando una bandeja con botellas de cerveza y vasos—. Gusto de verlo, Domínguez —dispuso todo sobre la mesa y se marchó.

—Se ve que usted es muy conocido por estos lugares —Rogelio llenó los vasos y ofreció uno a Domínguez.

—Aquí es donde vengo a dejar el sueldo y las penas. De aquí salgo borracho y libre de conflictos. De otro modo ya me hubieran internado en el manicomio, o posiblemente ya hubiera matado a alguien, si no a mí mismo.

—Vaya, y yo creía que usted era hombre práctico y sin mayores problemas.

—Yo tengo más problemas que la Junta de Gobierno —se llevó el vaso a la boca y lo dejó vacío de un sorbo—. Tampoco soy animal. Tengo mi sensibilidad. Mi complejo de culpabilidad. Lo que pasa es que con los años, y el temor, he aprendido a ocultar mis emociones y a hacerme el tonto. Pero debo decirle que desde que usted trabaja conmigo me ha entrado cierta depresión...

—¿Y eso, por qué? Creí que le complacía mi trabajo.

—No me estoy quejando de su trabajo, todo lo contrario, me satisface. Lo que quiero decir es que envidio la buena voluntad y el entusiasmo con que usted se enfrenta a la vida, su fe en el ser humano, su esperanza en el futuro.

—Desde pequeño aprendí que si no tenemos fe vivimos a ciegas. Limitamos nuestro tiempo y espacio. Debemos creer en algo o en alguien. Sobre todo en nosotros mismos. Porque con ser fatalistas no arreglamos nada.

—Usted me recuerda mi juventud. Cuando escribí mis primeros artículos y sufrí mi primer desengaño... Abrigaba sueños de gloria. Aspiraba a ser un gran periodista. Creía tener el mundo en mis manos. ¿Sabe quién era uno de mis héroes?

—¿Quién?

—Nada menos que Ortega y Gasset. Leí y releí todas sus obras. Me juré a mí mismo llegar a ser mejor que él. Y yo tenía una profunda convicción de que podía llegar a serlo. Pero,

mire a lo que he llegado... Un mentiroso... Un insensible borracho...

—Usted no tiene la culpa, Domínguez. Está mil veces
comprobado que aquí nadie puede aspirar a destacarse en
nada. Peor si es pobre. A todo el mundo le cortan las alas
tarde o temprano.

—Pero, al menos, es mejor desistir en el preciso instante
en que uno cae en la cuenta de que no puede realizarse, y no
esperar a llegar a viejo para terminar amargado de la vida.

—¿Y entonces por qué me empuja a que sea reportero?
¿Para que yo también caiga en el mismo hoyo? No se le olvide
que trabajo en La Tribuna por necesidad únicamente, y no
porque me interese el periodismo.

—Es que cuando veo su energía, pienso que los tiempos
tal vez han cambiado, o que cambien pronto; que acaso usted
tenga mejor suerte que yo, ¿entiende? Sus esperanzas e ilusiones son ahora también las mías. Admiro su voluntad, su
sentimiento de justicia... su fe; y experimento cierto regocijo al
pensar que, en un tiempo, yo también fui así. O sea que usted,
Rogelio, es el espejo de mis años mozos. En cambio yo, ya
estoy acabado. Soy un viejo inservible, que ni siquiera puede
mirar hacia atrás por temor a que los recuerdos le conviertan
en estatua de sal, como la mujer de Lot.

—Amarga comparación.

—Es que las cosas se están poniendo "color de hormiga"
—Domínguez suspiró y, de repente, pareció hundirse en la
tristeza—. Nos estamos metiendo en un túnel sin salida. Y lo
siento, sobre todo, por nuestra juventud que se está quedando
sin otra alternativa que el caos, la violencia y la muerte. ¿Qué
futuro es ese? Me da coraje ver que los ideales jóvenes son
destrozados. Por ejemplo, ¿cree usted que su primer desengaño, al comprobar que aquí el periodismo es un ejercicio
vacío, irrelevante, que nada tiene que ver con la realidad, no
me dolió en el alma? ¡Claro que me dolió!

MIEMBROS DEL GABINETE OFICIAL DENUNCIAN INTROMISIÓN MILITAR EN NUEVO GOBIERNO. MONSEÑOR ROMERO INTERCEDE PARA QUE EL ALTO COMANDO DE LA FUERZA ARMADA Y LA JUNTA DE GOBIERNO DISCUTAN SUS DIFERENCIAS EN LA CASA EPISCOPAL.

Como era la costumbre los domingos, la inmensa mayoría de aparatos radioreceptores del país estaban sintonizados en la YSAX, radiodifusora que transmitía la misa dominical desde la Catedral Metropolitana. Era ya una tradición. Se detenían las faenas en la ciudad como en el campo, en los barrios pobres, en las colonias de la clase media y en las mansiones suntuosas, para escuchar la homilía de Monseñor Romero, arzobispo de San Salvador, cuyo mensaje se extendía aun más allá del ámbito nacional.

Monseñor Romero: Urgidos por la palabra de Dios y por tanta violencia que ha afectado a los distintos sectores de nuestro país, me veo yo también obligado a hacer un nuevo llamamiento a todos los cristianos y hombres de buena voluntad, para que reflexionemos sobre el momento presente de nuestra patria y actuemos responsablemente para salvarla de caer en una total guerra civil.

Voy a presentarles los hechos y luego, con juicio pastoral, vamos a tratar de analizarlos.

Es evidente que existen en estos momentos en El Salvador tres proyectos económico-políticos que se encuentran en pugna entre sí y cada uno quiere ser el único que va a prevalecer.

Primero, *el proyecto oligárquico* que pretende emplear todo su inmenso poderío económico para impedir que se lleven adelante reformas estructurales que afectan sus intereses pero favorecen a la mayoría de los salvadoreños. Busca este sistema, mediante presiones económicas, políticas y aun con la violencia, mantener la actual estructura económica-oligárquica evidentemente injusta y que ha llegado a ser insoportable. Hasta ahora ha logrado atraer a un sector de la empresa privada y también, evidentemente, un sector del ejército para que les ayude a defender sus intereses oligárquicos. Se rumora que además han contratado mercenarios para que inescrupulosamente luchen en contra de cualquier otra fuerza que intente redistribuir las riquezas y los ingresos nacionales. Y ya ha ordenado de nuevo las acciones sangrientas y criminales de la UGB. Ya está en acción.

Segundo, *el proyecto gubernamental promovido por las Fuerzas Armadas y el Partido Demócrata Cristiano*. A pesar de haber publicado un manifiesto que precisaba más la proclama de las Fuerzas Armadas con una postura popular anti-oligárquica y no obstante haber prometido realizar reformas estructurales, hasta ahora, en la práctica, ha sido incapaz de aglutinar a los sectores, organizaciones populares, y se ha dedicado más bien a reprimir y masacrar indiscriminada y desproporcionadamente a los campesinos y otros sectores del pueblo como está sucediendo, por ejemplo, en la zona de Arcatao.

Tercero, *el tercer proyecto que se presenta es el de las organizaciones populares y político-militares*. Este proyecto está tendiendo rápidamente a la unidad y ha hecho un llamado a todas las organizaciones democráticas, personas progresistas, pequeños y medianos empresarios, militares consecuentes, a formar una amplia y poderosa unidad de fuerzas revolucionarias y democráticas que haga posible que impere en nuestra patria la democracia y la justicia social. Proyecto popular, que hasta ahora ha de iniciar un proceso de unidad y coordinación entre las distintas organizaciones populares y político-militares, pero que hace falta que concretice esta invitación a los sectores democráticos y progresistas, en una amplia unidad que realmente busque el bien común del país y trate de evitar al máximo la violencia, la venganza y todas estas actividades que extienden o intensifican el derramamiento de sangre.

Sobre estos tres proyectos político-económicos, el juicio pastoral que yo creo el deber de dar, es éste.

Ante todo, primero recordar una vez más que a la Iglesia no le corresponde identificarse con uno u otro proyecto, ni ser líder de un proceso eminentemente político. Yo escribí en la Cuarta Carta Pastoral, y hoy me parece muy actual este pensamiento: "Lo que de verdad interesa a la Iglesia es ofrecer al país la luz del Evangelio para la salvación y promoción integral del hombre. Salvación que comprende también a las estructuras en que vive el hombre para que no le impidan, sino que le ayuden a llevar una vida de hijos de Dios." Esta es la misión de la Iglesia, netamente evangélica. Ninguna comunidad ni agente pastoral puede decir que tal o cual proyecto es el de esa comunidad cristiana. A ella solamente le toca promover evangélicamente al hombre y desde allí procurar esa promoción del hombre, aun en esta tierra, trabajando, inspirando para que las estructuras mismas favorezcan esa promoción integral del hombre. De allí, pues, que la luz para iluminar estos proyectos que he mencionado antes son luces de carácter evangélico y moral.

En concreto, respecto del primer proyecto, el oligárquico: No puedo aprobar, sino desautorizar...Desautorizar la conducta de aquellas personas que por defender sus privilegios y riquezas acumuladas y no quererlas compartir fraternalmente con todos los salvadoreños, están alejando cada vez más la posibilidad de resolver la crisis estructural en forma pacífica. A este sector oligárquico me permito recordarle una vez más la enseñanza de Medellín. Dice Medellín: "Si defienden celosamente sus privilegios y, sobre todo, si los defienden empleando medios violentos se hacen responsables ante la historia de provocar las revoluciones explosivas de desesperación..." De su actitud depende, en gran parte, el porvenir pacífico de El Salvador.

También los poderosos económicamente deben recordar estas palabras de Juan Pablo II en el discurso inaugural de Puebla. Dijo el Papa: "La Iglesia defiende sí, el legítimo derecho a la propiedad privada; pero enseña, con no menor claridad, que sobre toda propiedad privada grava siempre una hipoteca social..." La figura es preciosa: "Nadie puede tener una propiedad sin estar hipotecada, la tiene hipotecada al bien común..." Y eso es, dice el Papa, para que los bienes sirvan a la destinación que Dios le ha dado. "Y si el bien común lo exige —palabras del Papa— no hay que dudar ante la misma expropiación hecha en la debida forma..."

Sala de redacción. La puerta se abre con gran estruendo, entran seis hombres.

Cabecilla (grita): ¿Quién es el jefe?

Domínguez: Soy yo, para servirles.

(Inmediatamente dos hombres le capturan y, en cosa de segundos, le esposan.)

Domínguez: ¿Qué pasa? ¿Qué es esto?

Cabecilla: Nos vas a acompañar. Sólo queremos hacerte unas preguntas.

Domínguez: ¿Preguntas? ¿Qué clase de preguntas? ¿Quiénes son ustedes?

(El que se encuentra cerca del jefe de redacción le asesta un fuerte puntapié en el estómago.)

Hombre 1 (despectivamente): ¡No preguntes tanto, viejo cabrón!

Hombre 2 (amenazante, apuntando un revólver hacia Rogelio): ¡Y vos no te movás, si no querés morirte ahí mismo!

(El jefe de redacción ha caído al suelo y se queja. Su arrugada cara sangra copiosamente. El fotógrafo entra en la oficina, atraído por los gritos, y al ver a Domínguez en el suelo quiere auxiliarlo, pero un puntapié en la espalda lo rechaza y le hace rodar bajo una mesa de trabajo. Su equipo fotográfico se estrella en el piso, desintegrándose en pedazos. Trata de incorporarse pero otro golpe en la cabeza le deja tendido junto al jefe de redacción.)

Hombre 3: ¡Si te volvés a meter en lo que no te importa sí que te morís hijueputa!

(El cabecilla observa calmadamente la escena, apostado en la entrada de la oficina.)

Cabecilla (grita): ¡Agarren al viejo y vámonos!

(Salen presurosos arrastrando a Domínguez. Segundos después, alarmados, entran en la oficina otros empleados. También llega el director y va hacia el fotógrafo quien permanece privado en el suelo.)

Director: ¡Qué diablos pasa aquí!

(Rogelio finalmente abandona el rincón detrás de su escritorio y se dirige hacia el director.)

Rogelio (atemorizado): ¡Varios hombres vinieron a llevarse a Domínguez a la fuerza! Dijeron que querían hacerle unas preguntas pero cuando pidió explicación lo maltrataron. Ramos intentó ayudarle y también fue agredido.

(Levantan al fotógrafo y lo sacan de la oficina.)

Director: ¡Esto es un abuso! ¡Hay que reportarlo de inmediato por todos los medios de comunicación!

Administrador: Hay que notificar a cualquier contacto de influencia con que contemos. Pero tiene que ser inmediatamente, antes de que sea demasiado tarde.

Director: Cada quien que se comunique con cuantas más personas pueda. Lo importante es hacer público el arresto de Domínguez para proteger su vida.

(Los empleados abandonan la oficina mencionando nombres de personas importantes que posiblemente puedan ayudar. Rogelio va y viene por la oficina, totalmente desorientado, pero comprende que tiene que hacer algo, cualquier cosa, y pronto. Registra la oficina con una mirada desesperada. Sus ojos se detienen en una fotografía de Monseñor Romero que cuelga en la pared y se acerca a leer la dedicatoria de puño y letra del arzobispo para Domínguez, a quien una vez oyó hablar de cierta amistad con el prelado. Va a su escritorio, toma el teléfono y marca.)

Rogelio: ¿Es ésta la oficina del arzobispo? Me urge hablar con Monseñor Romero ¡Es cosa de vida o muerte!

Voz del Secretario (suave y reposada): Aló, ¿quién habla? Monseñor no se encuentra aquí por el momento, ¿en qué podemos servirle?

Rogelio (con voz desesperada): ¡Tengo que hablar con él! Acaban de arrestar a un periodista de La Tribuna; un conocido de él.

Voz del Secretario: ¿Quién?

Rogelio: ¡Domínguez!

Voz del Secretario: ¿El jefe de redacción?

Rogelio: Sí, él.

Voz del Secretario: Monseñor está fuera de la ciudad por unos días...

Rogelio: ¿Y qué debo hacer? No puedo perder tiempo. ¡Su vida está en peligro!

Voz del Secretario: Lo mejor es que vaya al lugar donde usted cree que se encuentra detenido. Mientras tanto, nosotros movilizaremos algunos contactos...

Rogelio: ¡No se sabe ni por qué lo han arrestado! Dijeron que sólo querían hacerle unas preguntas.

Voz del Secretario: Siento decírselo, pero esto es ahora bastante común. Sin embargo, no hay que perder la esperanza. Con la ayuda de Dios podremos sacarlo...

Rogelio: ¡Primero Dios!

(Sale de la oficina a toda prisa, cerrando la puerta con estruendo.)

Llegamos a Ilobasco cuando el sol comenzaba a esconderse detrás de las colinas. El bus saltaba sobre las calles empedradas y angostas del apasible caserío, conocido para mí de sobra por ser el lugar de mi infancia. Cuando niña, jugaba en medio de la vereda ya que casi nunca pasaban automóviles, sólo carretas. Apartaba una piedra para abrir un hoyo y salían cangregitos de diferentes colores. Recuerdo una vez en que apareció uno dorado. Lo tomé en mis manos y se esfumó. Yo me puse a llorar porque quería llevarlo a casa, para despertar la envidia de mi hermano. ¡Ah recuerdos de la infancia!

Pedí al motorista que nos permitiera bajar frente a una casa de puertas rojas y paredes pintadas con cal blanca. Las puertas se abrieron y mamá, seguida de papá, salió a encontrarnos. Mi madre y yo nos estrechamos. Extendí las manos hacia mi padre, quien me besó en la frente al tiempo que nos abrazábamos.

El dio un cálido apretón de manos a Rogelio.

"¡Cuánto gusto! Pase por favor, está en su casa. Mi nombre es Arístides."

"Pase adelante," le dijo mi madre. "Me llamo Pilar. Entre, entre, gusto de conocerle. Lourdes nos ha hablado mucho de usted. Siéntese."

"Gracias, muy amable," dijo Rogelio.

Mi padre insistió a Rogelio que tomara asiento.

"¿Gusta tomar algo? Pilar tráenos unos refrescos por favor. ¿Cómo les fue en el viaje? ¿Sin problemas?"

Rogelio empezó por narrarle el incidente del guardia interesado en su retrato. Mi madre regresó con bebidas y las puso sobre la mesa de centro.

"Sírvase Rogelio, por favor," pidió ella. "¿Pan dulce?"

"Gracias."

Mientras saboreábamos el refresco de tamarindo Rogelio observaba las paredes repletas de adornos de múltiples formas y colores. Mi padre, notando su interés en un jarrón de barro con serpientes rojas en altorrelieve, sacó otros de un baúl.

"Estos también los hacemos nosotros," dijo con orgullo. "Son consideradas las piezas más originales de todo Ilobasco."

"Son verdaderamente hermosas," afirmó Rogelio tomándolas en sus manos. "Tanto en diseño como en color."

"Yo mismo tallé los moldes de estatuillas encontradas en estos lugares, hace mucho tiempo. Venga, le voy a enseñar otras."

Se excusaron y salieron. Les vi entrar en la cocina que comunica al patio interior, amplio y largo, con gran variedad de flores y plantas. Al centro hay una fuente de donde salta agua cristalina y cae a una pileta.

"Tu papá me describió los talleres donde fabrican las figuras de barro," me comentó después Rogelio. "Mi reacción ante el jardín fue un deslumbramiento total. El patio parecía un pedazo del paraíso y así se lo dije a tu papá. El aire fresco acarreaba el perfume de las flores. Los árboles estaban colmados de pájaros y trinos. Una belleza."

"—De toda la casa éste es mi lugar favorito —dijo tu papá y, en ese instante, me detuve de pronto y casi grité: ¿Y eso qué es?"

"—Son las estatuas que hace Remigio, mi hijo."

"Me acerqué a las esculturas y quedé tenso, como paralizado, la piel cosquillosa, zumbándome los oídos."

"—Púchica, parecen de carne y hueso —tartamudeé, pensando: 'Qué horribles'—. ¿Su hijo es escultor? Lourdes nunca me habló de él."

"—De seguro le quería dar una sorpresa —pasando sus manos sobre la gran barriga del Cipitío—. Remigio ha hecho muchas piezas, pero creo que éstas son las mejores hasta ahora."

"Fui acercándome. Ahí se encontraba la Siguanaba de los cuentos que tanto miedo me causó cuando niño y que aún, a los treinta años, parecía atemorizarme. Una cara estirada con enormes ojos redondos, largas pestañas y gruesas cejas. Boca grande con dientes de caballo y labios carnudos. Larga y brillante cabellera que casi le llegaba a las rodillas. Amplios senos que caían sobre un estómago abultado con gran ombligo. Brazos peludos y musculosos terminando en manos exageradamente largas, con dedos huesudos de afiladas uñas negras. Ahí se encontraba la mujer aquella quien, según las leyendas, a la orilla de los ríos esperaba a los hombre para que la enamoraran, hacer el amor con ellos y embrujarlos, dejarlos 'jugados'. Ahí estaba la horrible mujer, a la par de su hijo desnudo y panzón, dientudo y enano, luciendo un gigantesco sombrero en la cabeza, como si fuera desmesurado hongo."

"—Quiero mostrarle los ídolos de los que le hablé —dijo tu papá, dándome una palmadita en el hombro que rompió el embrujo que parecía haberse apoderado de mí."

"—Sí, sí, vamos —alcancé a decir, casi tropezando en una piedra, frotándome los ojos, encendiendo un cigarrillo para disimular mi confusión."

RENUNCIAN LOS TRES CIVILES DE LA JUNTA Y 34
MIEMBROS DEL GABINETE OFICIAL "EN PROTESTA A
LA MARCADA INFLUENCIA MILITAR EN EL GOBIER-
NO."

Monseñor Romero: Con respecto al segundo proyecto, proyecto gubernamental. Transcribo, en primer lugar, algunos juicios de los exfuncionarios del gobierno, para que Uds. y el pueblo juzguen con objetividad. Según estos exfuncionarios ya se han agotado las posibilidades para implantar soluciones reformistas en alianza con la actual dirigencia de las Fuerzas Armadas, hegemonizada por elementos prooligárquicos y sin contar con una participación popular real. La solución que ellos proponen, estos exfuncionarios, es establecer un régimen democrático y de auténtica justicia social... que requiere como elemento fundamental —son palabras de ellos mismos— "como elemento fundamental requiere la participación y dirección del pueblo, sus organizaciones populares y democráticas, y enfrentar realmente a la oligarquía y sus aliados..."

Yo creo que los miembros del Partido Demócrata Cristiano y demás participantes del gobierno actual deben atender mucho esa opinión de la experiencia de los exfuncionarios, que junto con los militares que aún no han abandonado sus aspiraciones de cambio y justicia tienen que dialogar con las organizaciones populares y demás organizaciones o sectores democráticos-progresistas, para que estudien la forma de crear ese gobierno amplio propuesto por las mismas organizaciones populares y algunos exfuncionarios, basado, no en las actuales Fuerzas Armadas, sino en el consenso mayoritario y organizado del pueblo... porque no puede estabilizarse jamás un Gobierno que, junto con sus promesas de cambios y justicia social, se está manchando cada día más con las alarmantes informaciones que nos llegan de todas partes acerca de crueles represiones y en sacrificios del pueblo mismo, como son los casos de la zona de Las Vueltas y Arcatao.

El hecho lo pueden leer hoy en Orientación. No voy a quitarles el tiempo pero lo que ha sucedido por aquellas regiones de Arcatao es algo cruel. Con el pretexto de vengar o buscar a un Guardia desaparecido y de detectar bolsas de guerrilleros, se está amenazando y matando indiscriminadamente a la población rural. Yo reconozco que es un sinrazón condenable el asesinato de personas solamente porque son de la organización ORDEN o de la Guardia Nacional. Este crimen ya lo denuncié el domingo pasado cuando hice un llamamiento a no encender la chispa en aquel lugar. Y yo lo vuelvo a reprobar, pero igualmente es reprobable por lo desproporcionado del castigo que se está infligiendo a los campesinos, muchos de ellos inocentes.

Yo recibí una carta de la esposa de este guardia. Y yo creo que como humanos tenemos que sentir este dolor. Ella supo la tragedia de su esposo, precisamente a través de nuestra homilía, el domingo pasado. No sabía nada. Y después me escribió, trajo personalmente la carta: "Con la mirada puesta en Dios y en Ud., vengo con estas humildes palabras para suplicarle una vez más, aunque ya lo hizo una vez, interceda por mi esposo José Elías Torres Quintanilla, Guardia Nacional, que fue secuestrado el día 12 de enero del presente año por los elementos de una organización clandestina, en ocasión que se conducía de Arcatao a Chalatenango y hasta la fecha no sé de su paradero. Espero que su ayuda mitigue mi angustia de esposa y madre de un hijo de 8 meses que necesitamos de mi esposo. Dios se lo pagará por todas sus bondades y lo que haga en nuestro favor." Anoche yo tenía rumores, no sé si se han confirmado, de que habían encontrado el cadáver de este guardia desaparecido. Esto, pues, no lo vamos a aprobar nunca, es un crimen. Y el Papa dice: "Hay que llamar las cosas por su propio nombre".

Hay un comentario presencial, de lo que pasa allá. Dice: "Nosotros —me escribe un campesino— estamos muy tristes porque actualmente en este departamento se ha desatado una de las más crueles persecuciones y masacres en contra de los campesinos, hombres, mujeres, niños, etc., los cuales han sido vejados por las autoridades y elementos de ORDEN, dando origen a un pánico nunca visto en esta región del Norte. Nosotros hemos constatado personalmente, porque aquí donde vivimos estamos rodeados de refugiados, los cuales se han venido solamente con la ropa que andan llevando, no teniendo lugar ni permiso para retornar a sus hogares, donde han dejado todo abandonado. Sus casas han sido saqueadas, otras incendiadas, los animalitos han sido robados o macheteados, los granos destruidos y un sin fin de cosas más contra esta pobre gente, que el único delito que tienen es de ser pobres y organizados.

También, una de las religiosas al irse, me escribió: "Nos vamos tristes porque vemos que esto no sólo responde a la acción de respuesta por un miembro de la Guardia que ha sido capturado, sino que aprovechando esta situación se está llevando a cabo la represión del pueblo que a nivel de altas autoridades, ya de antemano está planeada. Nos duele mucho el precio de sángre que tiene que dar el pueblo por su liberación, cuota que como cristianos no podemos aceptar pero que cuando ya no hay remedio le encuentra uno sentido al ponerla junto al Señor crucificado para que alcance su valor de redención..."

La junta de Gobierno debe ordenar, en forma eficaz, el cese inmediato de tanta represión indiscriminada, porque la Junta también es responsable de la sangre, del dolor de tanta gente. Las Fuerzas Armadas, sobre todo los cuerpos de seguridad, deben deponer esa saña y odio cuando persiguen al pueblo, deben demostrar con hechos que están a favor de las mayorías y que el proceso que han iniciado es de carácter poppular. Ustedes, o muchos de ustedes son de extracción popular, por lo que la institución del Ejército debería estar al servicio del pueblo. No destruyan al pueblo, no sean ustedes los promotores de mayores y más dolorosos estallidos de violencia con los que justamente podría responder un pueblo reprimido...

Tengo una carta muy expresiva de un grupo de soldados. ¡Bien reveladora! Voy a leer la parte que puede interesarnos más: "Nosotros, un grupo de soldados le pedimos que si nos puede hacer público los problemas que tenemos y nuestras exigencias que planteamos a los señores oficiales y jefes y Junta de Gobierno, y con su ayuda estaremos de antemano agradecidos. Lo que nosotros queremos es tratar de lograr la mejoría de las tropas de la FAES:

1o.) mejoría del rancho;

2o.) que se evite el uso del garrote y el ultraje hacia la tropa;

3o.) que se mejore el vestuario de la tropa;

4o.) que se nos aumente el salario, pues lo que recibimos en definitiva son 20.00 ó 30.00 colones mensuales, que si se toman todos los descuentos que nos hacen, queda en nada;

5o.) que no se nos envíe a reprimir a la población... Queridos soldados, en este aplauso del pueblo, pueden encontrar la mano tendida a esas angustias de ustedes;

6o.) —siguen pidiendo— que no se nos descuente el mantenimiento de la ropa;

7o.) que se nos den las razones del por qué se nos manda a combatir...;

8o.) la Fuerza Armada la constituimos tropa, jefes y oficiales y únicamente son los jefes y oficiales los responsables de toda la opresión hecha al pueblo...;

9o.) que se nos aumente el seguro de vida que actualmente es de 2,000.00 colones.;

10o.) y último, hacer un llamado al pueblo en general: obreros, campesinos y estudiantes y para todas las organizaciones gremiales y populares revolucionarias, que nos apoyen en nuestra lucha para lograr nuestra mejoría, y a cambio, nos responsabilizamos por lograr una Fuerza Armada que proteja y defienda los intereses del pueblo, y no de los ricos como hasta ahora se ha hecho..."

Una mujer entró al Red Room portando un azafate repleto de vasos y botellas de cerveza. Domínguez la tomó de un brazo y la sentó sobre sus piernas.

—Ya estás borracho, viejo loco —dijo ella riéndose—. Dejá de manosearme. Vos ya estás muy viejo para estas cosas.

Logró soltarse y salió con las botellas vacías. La Gorda vino a inquirir:

—¿Todo bien? ¿Me los están atendiendo como se lo merecen?

—Claro que sí, Gordita —afirmó Domínguez—. Todo a la perfección. ¿Te tomás un traguito con nosotros?

—Ahoritita no puedo viejo, pero "otra vez será" como dice la canción. Tengo que vigilar el negocio y asegurarme de que la clientela está bien atendida.

—No seás malita, Gordita —insistió, halándola hacia él y acariciándola—. Tomate un traguito, no te hagás la rogada.

—Soltame viejo loco, que ahorita no puedo, no seás necio. Ya les mando un par de mujeres para que se quiten las ganas.

La Gorda se marchó y minutos después aparecieron dos muchachas. Una de ellas tomó asiento junto a Domínguez.

—¡Ay! pero no me digan que son periodistas.

—Sí, somos periodistas. Pobres periodistas pobres —dijo Domínguez.

—Ahhh, entiendo —quizás sin comprender el sarcasmo de Domínguez—. Aquí viene de todo. Ricos, militares y revoltosos. Pero todos terminan borrachos y acostándose con una de nosotras.

—Al menos aquí todos se ponen de acuerdo en algo —intervino Rogelio quien, no acostumbrado a beber, empezaba a sentir el efecto de las cervezas. Le parecía que todo giraba a su alrededor.

—Vení para acá, mamaíta —invitó Domínguez a la otra muchacha que se había quedado de pie en el centro del salón, tímida, como si no estuviera familiarizada con aquel ambiente—. Sentate, no tengás pena.

Ella permanecía alejada del grupo y Domínguez insistió:

—Vení preciosa. No tengás miedo de nosotros que no te vamos a hacer nada malo.

—Venga, siéntese —rogó Rogelio al tiempo que se apartaba para hacer espacio en el sofá.

Finalmente, la muchacha tomó asiento junto a Rogelio.

—¿Qué van a tomar las niñas? —preguntó Domínguez.

—¡Niñas de dónde! ¡Ni de los ojos! —afirmó burlonamente la que dijo llamarse Chata al sentarse a la par de Domínguez.

—¿Un whiskito? ¿Sí? —ofreció el jefe—. Aprovechen hoy que estoy de "botarata"; mañana no tendré ni para los frijoles.

—Yo no quiero nada —contestó la que estaba al lado de Rogelio.

—Yo sí quiero un trago de los buenos —pidió la Chata—. Y por ésta no se preocupen que es bien huraña. No habla, no toma, ni fuma. Se llama Soledad. Sólo le gusta... míreme la seña —haciendo ademanes y gestos que en forma vulgar describían el acto sexual.

—Esta Chata sí que es chistosa —Domínguez soltó una carcajada.

—Voy a traer más cervezas y tragos —malhumorada, Soledad se puso de pie y abandonó el cuarto.

—No le tenga pena —indicó la Chata a Rogelio mientras se acomodaba sobre las rodillas de Domínguez—. Llévesela a la cama. Tiene fama de buena.

—Está bonita —apoyó el jefe.

—Es bien jovencita —agregó la Chata—. La trajeron hace tres semanas. Le va muy bien. Todos regresan por ella.

—¡Échesela muchacho! No joda. Yo me voy con vos, Chatita de mi alma.

—Cuando guste. Me encantan los viejos locos como usted.

—Aquí están los tragos —dijo Soledad al regresar, colocando los vasos sobre la mesa.

—¡Qué rico! —dijo la Chata cuando se había bebido el trago de un solo sorbo—. ¡Qué me sirvan otro!

—Esperate un momento, tomala con calma —Domínguez se incorporó de su asiento—. De lo contrario te vas a emborrachar antes del tiempo.

—Hum, a mí ni la chicha me embola, mucho menos el whisky.

—Después te doy otro Chatita de mi alma. Ahora mejor vamos a tu cuarto.

—Vamos pues, viejo —accedió riéndose, y salieron abrazados.

La cena estaba servida y nos sentamos a la mesa. Apareció mi hermano y me levanté a darle un abrazo. Rogelio le estrechó la mano, dijo "Mucho gusto de conocerle" y, al no obtener respuesta creyó que su presencia le incomodaba pero, al cabo de unos minutos, comprendió que Remigio era sordomudo. Durante el transcurso de la cena mi hermano sonrió como si entendiera nuestras palabras. Limpiamos la mesa y servimos café. Platicamos más de una hora acerca de varios temas que incluyeron la situación del país. Los bostezos de Remigio indicaron el momento de irnos a dormir. Mi madre mostró a Rogelio el cuarto donde podía descansar, nos dijimos "buenas noches" y cada uno se retiró a su habitación.

"Acostado en la oscuridad," me contaba después Rogelio, "pensé sobre las soluciones a la situación de nuestro país que tu padre expuso durante la cena. Sus conceptos eran claros, pero parecían ilusiones que nunca llegarían a realizarse en nuestro medio. Quizás por eso él las expresaba con cierta pesadumbre, como quien conoce la medicina que curaría una enfermedad fatal de un enfermo que prefiere morir antes que probarla. ¡Qué extraño es mi país! ¡Tierra donde los talentos se desperdician, se menosprecian!

"Finalmente el cansancio doblegó mis pensamientos y me dormí con el ruido de los grillos y las ranas.

"Varias horas después, me despertaron cuchicheos y suaves risas cosquillosas que parecían proceder del jardín. Presté atención. Los ruidos se apagaban y volvían. La curiosidad hizo que me levantara y que, caminando despacio, fuera a situarme detrás de un pilar del corredor. La débil luz de la luna se esparcía sobre el jardín, alumbrando lo suficiente como para permitirme distinguir en el centro del patio la pileta con su hermosa fuente de agua.

"Volvieron las risitas cosquillosas. Traté de localizar su origen y mi mirada se estancó en la fuente, en que me pareció descubrir a las estatuas de la Siguanaba y del Cipitío en movimiento. No podía creerlo y me froté los ojos tratando de aclarar mi vista. La sorpresa fue mayor al descubrir a tu hermano abrazando a la Siguanaba. La mujer reía morbosamente con las caricias de Remigio y lo envolvía con sus brazos peludos, besándolo con sus abultados labios que yo no podía ver pero que imaginaba. Lentamente se deslizó sobre la grama cerca de la fuente, tomó a Remigio de la cintura y lo atrajo hacia ella. El Cipitío subió a la fuente y, mientras orinaba, movía la cabeza cubierta por el enorme sombrero. Sus ojos relucían como puntos luminosos que lanzaban potentes rayos de luz sobre el jardín; acaso vigilaba para que los amantes no fueran sorprendidos.

"Sentí escalofríos intensos. El temor de hacer algún ruido que interrumpiera la macabra escena de amor y despertara la ira de aquellos extraños personajes me hizo regresar a la cama. El cuerpo me temblaba al escuchar los cuchicheos y risitas burlonas que no cesaron hasta que cantó el primer gallo.

"Me fue imposible conciliar el sueño. Me faltó valor y no me atreví a salir del cuarto. Incluso cuando aparecieron los primeros rayos de sol y escuché a la gente que empezaba a levantarse, no asomé la cabeza al corredor.

"Recuerdo, Lourdes, que viniste a verme. El sol de la mañana ya había inundado el cuarto, sin embargo, al sentir que entrabas me hice el dormido."

"Abriste los ojos cuando te besé en la frente. Recuerdo que te dije: —Buenos días, ¿dormiste bien?"

"—Sí, dormí a la perfección, ¿y vos? —te respondí pensando que, mientras contestabas, tendría tiempo para decidir si debía o no contarte mi descubrimiento."

"—Apenas me acosté y cerré los ojos me dormí profundamente. Sin ningún problema."

"—Igual me sucedió a mí —mentí, pues en ese momento concluí en que no podía decirte nada acerca del amor secreto de tu hermano porque te ibas a reír, me ibas a decir que eran puros sueños. Además, Lourdes, comprendí que existía tal posibilidad, que todo aquello hubiera sido otra de mis acostumbradas pesadillas."

"Recuerdo que mi mamá tocó a tu puerta para ofrecerte una toalla, y te indicó que el lavadero estaba al otro lado del patio."

"Así es, y yo salí del cuarto."

"Entonces ella dijo que el agua de la fuente estaba fresca y que tal vez preferías lavarte ahí la cara."

"Y yo al instante respondí que iría al lavadero. Atravesé el patio manteniendo la vista lejos de las estatuas. Pero al pasar frente a ellas no dejé de sentir cierto hormigueo por todo el cuerpo. En el cuarto del lavadero me encontré con tu hermano y le dije 'buenos días'. El me respondió con una amplia sonrisa que dejó al descubierto sus dientes recios y amarillos. Con el índice señaló a las estatuas y luego a sí mismo. Yo asentí con una sonrisa de incertidumbre pues, Lourdes, no estaba seguro si Remigio me daba a entender que él las había hecho, o que estaba enamorado de aquella horrible mujer."

—¿De qué pueblo es usted? —dijo Rogelio mientras se servía otra cerveza a pesar de que estaba completamente borracho.

—Del Amatillo —murmuró Soledad quien, hasta entonces, había permanecido en silencio sentada en el lado opuesto del sofá, con la mirada clavada en el suelo.

—¿Cómo? —sentía que la cabeza le giraba como un remolino.

—Del Amatillo.

—¿El Amatillo en La Unión? ¿El Amatillo de la frontera?

—Sí, de la frontera con Honduras. ¿Por qué?

—Porque yo también soy de ahí —respondió entre hipos incontenibles que no imprimían la más mínima credibilidad a sus palabras.

—No bromee por favor. No hay porqué me esté dando cuentos. Si quiere acostarse conmigo pague nomás, y ya está.

—Es cierto, me llamo Rogelio Villaverde —insistió, acercándose a ella.

Soledad preguntó:

—¿Y su papá, cómo se llama?

—Se llamaba Ángel, mi mamá Inocencia y mis hermanos Rómulo y Evaristo.

Recobrando la expresión de su mirada que sólo hace unos segundos parecía de hielo, ella contestó secamente:

—No le creo.

—No tengo ninguna razón para mentirle.
El resto de su pálida tez empezó a cobrar color; por primera vez mostró cierta emoción.

—Es que, si es cierto... —titubeó.

—¿Por qué se admira de lo que digo?

—Porque, si lo que dice es cierto, yo conocí a su familia...

—¿Cómo?

Ahora el sorprendido era Rogelio. Resintió el hecho de encontrarse borracho en tan crítico momento.

—Yo los conocí... —el semblante de Soledad se tornó sombrío nuevamente.

—¿Cómo? ¿Usted conoció a mi familia? ¿Cómo? ¿Cuándo? A ver, explíquese.

Luchaba por entender lo que ella le narraba y por reponerse de su embriaguez.

—Sí, los conocí en Honduras.

—¿Que qué?

Le llegó también el turno de ser el incrédulo, y el impacto de aquellas revelaciones parecían aminorarle la borrachera.

—Sí, créame, yo los conocí. Ellos habían cruzado la frontera y vivían en la parte de Honduras, en un terrenito que lindaba con el de mi familia. Éramos vecinos. Cuando sucedieron los problemas decidimos huir, pero nos emboscaron en el camino. Algunos salimos a la carrera y logramos escapar atravesando montes. Recuerdo que sólo oía disparos. Muerta de cansancio y miedo caí desmayada a la orilla de una vereda. Otros salvadoreños que huían me recogieron. Con ellos crucé la frontera y finalmente llegamos a El Salvador...

Escondiendo la cara bajo los cojines del sofá, empezó a sollozar como una niña desamparada.

—Todo eso ya pasó. No se preocupe —Rogelio trató de consolarla—. Usted está salvada, eso es lo que importa.

Las palabras de consuelo competían con la música y los gritos de un par de clientes que, pasados de tragos, disputábanse una mujer que no quería acostarse con ninguno de los dos.

Soledad continuaba gimiendo y suspirando. La sorpresiva historia había mermado considerablemente el dolor de cabeza y la borrachera de Rogelio.

—¿Usted fuma? —le ofreció un cigarrillo.

—Mi familia se fue para Honduras porque en el lugar donde vivíamos no había trabajo —dijo Rogelio—. Varios parientes establecidos allá nos hablaban de la abundancia de tierras abandonadas que cualquiera podía cultivar. Yo me fui para San Salvador. Tiempo después fui a buscar suerte a los Estados Unidos. Cuando supe de la guerra regresé inmediatamente en busca de mi familia. Recorrí varios cantones y campamentos de refugiados pero no encontré a nadie. Totalmente decepcionado, sin la menor idea del destino de mi familia, volví a los Estados Unidos.

Por las mejillas de Rogelio también rodaron las lágrimas.

—Tampoco yo pude encontrar a mi familia —dijoella—. Como quedé huérfana, me dejaron vivir en un campamento de refugiados. Un día caí enferma y me llevaron al hospital. Al recuperarme tuve el problema de que no tenía donde vivir. El portero del hospital me consiguió cuarto en un mesón, el que pagó mientras se aprovechaba de mí. Meses después quedé embarazada y me dejó. Cuando nació mi hijo yo no podía mantenerlo y tuve que abandonarlo. Recuerdo que cuando lo dejé en el zaguán de la iglesia dije esta oración: Dios mío que me diste este hijo, yo no lo puedo cuidar, y como también es hijo tuyo...

Fue difícil para ella continuar. Los labios le temblaban y por un momento su palabra se redujo a lamentos.

—Días después la policía me encontró dormida en un portal y me llevó presa. El jefe de la cárcel, un teniente que me llevaba a su cuarto casi todas las noches, consiguió que me aceptaran en un hospicio de huérfanos, en el que estuve internada como por cinco años. Una vez que nos llevaron de paseo a una feria del pueblo, unos hombres secuestraron a cuatro muchachas del hospicio, nos trajeron a la capital y nos forzaron a trabajar en estas casas de citas de San Salvador.

—¿Desde cuándo la tienen aquí?

—Desde hace como cuatro años. Nos mandan a diferentes casas cada tres meses.

—¿Qué edad tiene?

—No estoy segura, pero creo que tengo veinticuatro años...

La conversación fue abruptamente interrumpida por la Gorda.

—Bueno Caresanto, ¿qué hay? —se acercó a Rogelio y le acarició el cabello—. No hablen tanto que no son novios ni esto es parque. Si no te vas a acostar con Soledad me la tengo que llevar a otro salón. Ahí está un militar preguntando por ella... ¿Te acordás Soledad de aquel coronel que te regala cosas y te lleva a la playa del Tamarindo? —Soledad trató de ignorar las palabras de la Gorda, clavando su mirada en el suelo—. Pues ese mismo está pregunta que pregunta por vos. Decime el secreto muchacha. ¿Qué les das a estos hombres que siempre te andan buscando como perros en brama?

—Ya vamos, ella se está tomando un trago —dijo Rogelio al tiempo que ponía un vaso con cerveza en una de las manos frías de Soledad, quien le miraba angustiada, como suplicándole que no la abandonara.

—No pierdan el tiempo —regañó la Gorda—. Soledad no se ha acostado con nadie esta noche. Ella bien sabe que está aquí para trabajar y hacer dinero.

—Ahora mismo vamos —tomó del brazo a Soledad para que le acompañara.

—¡Así se habla Caresanto! ¡Como todo un macho! —exclamó la Gorda, y luego aconsejó a Soledad:—. Dale buen sevicio, como yo te he enseñado. Y te portás bien, si no ya sabés lo que te toca, muchachita.

Rogelio siguió los pasos de Soledad por corredores angostos y oscuros flanqueados por cuartos de donde salían risas de mujeres y gritos de hombres borrachos. Se escuchaba una canción apasionada de Javier Solís: "Para qué me sirve el alma, si la tengo ya amargada..." Soledad se detuvo y quitó el candado de una puerta.

—Entre señor —encendiendo la luz—. Entre por favor, ésta es mi casa —su rostro se tornó triste nuevamente, y de sus húmedos y enrojecidos ojos emanaron gruesas lágrimas que cayeron al suelo formando asteriscos—. Ahí está la cama, siéntese —cerró la puerta y suspiró—. ¿Le gusta mi casa? Ya lo atiendo, un momentito por favor —haciendo todo lo posible por canturrear las palabras de la canción que llegaba del cuarto vecino—. El que canta su mal espanta, ¿verdad señor? Siéntese, no tenga pena, ya lo atiendo.

Calló por un instante y luego, con la misma voz de tristeza, acompañó a la canción: "Para qué sirve ser bueno si se ríen en tu cara, que me lleve la corriente, que me lleve la corriente, atrás no regresaré..."

Domínguez: Me sacaron a empujones de la oficina y me tiraron en el interior oscuro de una vagoneta que partió a toda velocidad. Boca abajo, sobre el piso mugriento de aquella prisión movible, iba yo con el alma amedrentada, con una sensación no de dolor sino como de estar respirando el aire caliente de una tumba. Traté de recordar los mejores momentos de mi vida y consolar así mi angustia. Más que todo para convencerme, o tratar de convencerme, de que mi existencia próxima a terminar había tenido algún propósito. Registraba el remolino de mi memoria esperando encontrar algo que justificara el esfuerzo de haber vivido. Porque sin haber vivido plenamente por lo menos un minuto, la vida no tiene sentido y, por lo tanto, tampoco tiene sentido morir.

Llegamos al cuartel y me sacaron de la vagoneta. Yo caminaba pronunciando internamente un resignado adiós a la vida. Estaba seguro de que ni mis restos saldrían de aquí para el cementerio, pero le di gracias a Dios por haberme concedido cincuenta y tantos años de existencia. Pensé que, tomando en cuenta la crítica situación de las cosas, eran suficientes.

Traspasamos la puerta principal. Dos hombres marchaban delante de mí y otro me seguía, los tres en completo silencio, como portadores de un mensaje de sobra conocido para ellos, cuya repetición le restaba brillo, convirtiéndolo en mera rutina.

Caminamos por lúgubres pasillos y de los cuartos cerrados salían ruidos como de golpes, mezclados con risotadas y gritos implorando piedad.

Por los corredores iban y venían hombres armados escoltando prisioneros. Los desgraciados, al encontrarnos, intercambiábamos gestos de resignación, de lástima recíproca. Vino a mi mente la escena bíblica de Jesús llevando su pesada cruz camino al Calvario. Aunque los presos aquí no cargábamos un madero, ni había mujeres y niños arrojándonos flores, nuestro destino era el mismo.

Finalmente nos detuvimos y golpearon una puerta. ¡Adelante! gritaron desde el interior, y el hiriente acento de la voz de inmediato crispó mis nervios. Entramos, se cuadraron, dieron sus informes y a empujones, sin quitarme las esposas, hicieron que me sentara en un banquillo.

Las ataduras habían adormecido mis manos al punto de que ya no las sentía pero, desde que me esposaron, me había resignado a ello. Son sólo mis brazos y mis manos, pensaba, ya sé como son y cuál es su función, total, en este estado, no me sirven para nada. Comencé a pensar lo mismo de mis pies, pues también me eran inservibles. Todo mi cuerpo era un obstáculo porque aquellos hombres lo vejarían, ignorando que mi resignación a la muerte lo había hecho inmune al sufrimiento. En esta situación la resignación es como poderoso escudo que protege al alma de las más terribles laceraciones corporales. Uno siente que se vuelve sólo alma, espacio; que se desprende del cuerpo y de su mugre. Este remolino de ideas turbias plagaba mi mente y eso me torturaba sicológicamente porque, hasta ese momento, no había sufrido gran cosa físicamente.

Advertí que un oficial, sentado detrás de un pupitre, examinaba unos papeles. Con gestos y movimientos evidentemente estudiados encendió un cigarrillo y apagó la llamita del fósforo con un leve soplo.

Te voy a hacer unas preguntas, dijo con el cigarrillo en la boca, y vas a dar respuestas verdaderas, es decir, que me convenzan, de lo contrario ya sabés lo que te toca... Como jefe de redacción de La Tribuna, te has de acordar que la semana pasada publicaron un artículo sobre la posibilidad de un cuartelazo contra la Junta de Gobierno. Quiero que me digás claro y pelado quién te dio esa información. Contesté sin tropiezo que el artículo procedió de varios informes de prensa internacional. Los informes llegan al periódico procedentes del mundo entero, los redactores los recopilan, yo los corrijo, el director los aprueba y salen a la luz pública. Es el proceso normal que... ¡Pero La Tribuna fue el único que acarrió la noticia! interrumpió levantándose de repente. Pero esa noticia ya había sido divulgada por la radio y la televisión con mucha anterioridad, dije, era noticia vieja. El artículo asegura que los Estados Unidos no permitirá el contragolpe. ¿Cómo sabés vos eso? ¿Acaso trabajás para los gringos? No, dije. Ese artículo se basó en el conocido hecho, sabido por el mundo entero, de que los estadounidenses han afirmado apoyar a la Junta de Gobierno para mantener un centro moderado y, al mismo tiempo, suavizar a la derecha y contrarrestar a la ultraizquierda, lo cual, es de conocimiento público, no es ningún secreto.

El interrogador asestó un fuerte puñetazo en el pupitre. Veo que no querés cooperar. No me hagás recurrir a medidas extremas. Pensá en que, a tu edad, no aguantarías un maltrato. En fin, sigamos adelante, vamos a ver cómo respondés a la segunda pregunta. Extrajo del escritorio un ejemplar reciente de La Tribuna y con el índice señaló el titular "Tráfico de armas". Según este reporte, dijo, existe en el país un mercado negro en que se compra y vende armamento del Ejército Nacional, y que este mercado negro abastece a la guerrilla. ¿Cómo sabés vos eso? Mediante un informe de prensa internacional, contesté, y lo publicamos después de que la noticia fue comentada por una radio local. Se trata de una noticia tan normal como cualquier otra... El interrogador se fue acercando a mí lentamente, señalándome con el cigarrillo encendido. Esa clase de noticias subvierten el orden público, vos lo sabés muy bien, por eso la publicaste. No, contesté, es una noticia común y corriente, que no tiene otro propósito que el de informar al público que existe un tráfico ilegal de armas, del que se benefician unos pocos, y que alimenta la violencia general que nos daña a todos... ¡Decime la verdad! gritó el interrogador. No me hagás perder la paciencia porque te vas a arrepentir. ¡Vos estás metido en el tráfico de armas para abastecer a la guerrilla! No, respondí, yo sólo pasé la noticia... ¡Ahora me vas a decir quiénes son tus contactos! ¡Yo no sé nada de ningún negocio de armas, créame señor!

Sin escucharme siquiera hizo una señal al que estaba cerca de mí quien, con un movimiento sorpresivo, me asestó tan fuerte golpe en un costado que me hizo rodar por el suelo lanzando un fuerte grito de dolor. ¿Verdad que ustedes traen las armas de Cuba para Nicaragua? No, no sé nada de eso, contesté tratando inútilmente de incorporarme. ¿Verdad que después las pasan a Guatemala y desde ahí a El Salvador donde las distribuyen a la guerrilla? ¡Verdad que sí! ¡Yo no sé nada de eso! grité. ¡Yo no soy traficante de armas, créame! ¡Soy inocente de esos cargos! ¡Soy un simple periodista! Decime los nombres de tus jefes y contactos. Si cooperás, te daremos protección, nadie te tocará un pelo, te mandaremos a otro país si es necesario, tendrás casa, comida, dinero, carro, todo lo necesario para vivir bien, a condición de que nos des los nombres de tus contactos. ¿Trabajan ellos también en La Tribuna? ¡Créame señor, no sé absolutamente nada de tráfico de armas! supliqué, La Tribuna es sólo un pequeño periódico al servicio de la comunidad...

El hombre volvió a descargar un puñetazo en el pupitre. Esta vez el impacto volcó el cenicero y desparramó los desperdicios por el suelo. ¡Este viejo no quiere cooperar por las buenas! ¡Llévenselo! Más tarde le sacaremos la verdad, sea como sea. La tercera es la vencida...

CERCA DE 260,000 PERSONAS MARCHAN POR SAN SALVADOR EN PROTESTA ANTIGOBIERNISTA ORGANIZADA POR LA COALICIÓN DE PARTIDOS REVOLUCIONARIOS. ALREDEDOR DE 20,000 PARTICIPANTES EN PROTESTA DISPERSADA POR TROPAS DEL GOBIERNO SE REFUGIAN EN LA UNIVERSIDAD NACIONAL. CAFETALEROS COMBATEN NACIONALIZACIÓN DE LA PRODUCCIÓN DEL CAFÉ.

Monseñor Romero: Yo comento: " de los humildes viene la luz." El proyecto gubernamental que estamos comentando, si quiere salvarse, debe amputar cuanto antes y sin lástima la parte podrida y quedarse con la parte sana. Un proyecto que por miedo o consideraciones quiera seguir cohonestando lo que no se puede cohonestar, está llamando a la ruina, no encontrará la estabilidad en el pueblo.

Y voy a referirme, en tercer lugar, al proyecto popular. Yo veo con esperanza los esfuerzos de coordinación, sobre todo porque van acompañados de una invitación a los demás sectores democráticos del país, para crear con ellos una amplia y poderosa unidad. Espero que esta invitación sea sincera, y suponga de su parte una actitud de apertura y flexibilidad que permita planear y realizar juntos un proyecto económico-político capaz de obtener el consenso mayoritario del pueblo y garantizar el respeto y desarrollo de la fe y de los valores cristianos del pueblo.

El Papa ha dicho que en los proyectos políticos hay que respetar mucho los sentimientos del pueblo. Y yo lo digo ahora, aplicándolo a El Salvador, donde una propaganda — claro que muchas veces hipócrita de anticomunismo— señala a ciertas organizaciones, principalmente a las dirigencias, el querer implantar entre nosotros ideologías que de ninguna manera pegan con nuestra índole cristiana salvadoreña. Por eso, el proyecto popular para el cual se llama a la unidad, tiene que tener muy en cuenta, y como Iglesia lo gritaré siempre, el desarrollo de nuestra fe y los valores cristianos de nuestro pueblo.

Para ellos, para el proyecto popular, quiero decirles lo mismo que digo para el gobierno: que no bastan las palabras y las promesas, sobre todo cuando se gritan con frenesí y con sentido demagógico. Se necesitan hechos; y por nuestra parte, como Pastor, estaré atento para ver si realmente estos hechos demuestran que las organizaciones populares son capaces de promover esta amplia unidad con las características que acabo de señalar.

A estas organizaciones populares y sobre todo a las de carácter militar y guerrillero, del signo que sean, les digo también: que cesen ya esos actos de violencia y terrorismo, muchas veces sin sentido y que son provocadores de situaciones más violentas. Les digo con Puebla: que la violencia engendra inexorablemente nuevas formas de opresión y de esclavitud, de ordinario más graves que aquéllas de las que se pretende liberar pero, sobre todo, es un atentado contra la vida que sólo depende del Creador. Debemos recalcar también que cuando una ideología apela a la violencia, está reconociendo con eso su propia insuficiencia y debilidad.

A la luz de estos criterios, yo tengo que señalar las violencias y hechos que la Iglesia lamenta, acompaña, se solidariza, sufre.

Están tomadas la Iglesia del Rosario, el Externado San José, la Catedral y se me avisó también de otras iglesias en otros pueblos. Yo creo que puedo decir de estas tomas lo mismo que nuestra Y.S.A.X. comentó de la toma de la Embajada de Panamá por las LP-28. Dijo nuestra emisora: "En estos momentos en que la unidad popular busca apoyo internacional, esta toma es un paso en falso que en nada beneficia la credibilidad de las organizaciones populares..." Yo diría también, aplicando a nuestras iglesias, que en estos momentos en que las organizaciones están llamando a unidad del pueblo: ¿por qué ofender los sentimientos íntimos con que nuestro pueblo entra en los templos?...Espero que vayan madurando las organizaciones y no hagan juego lo que es tan serio y que nuestros templos de Dios sean respetados si de verdad estamos con el pueblo al que queremos defender sus derechos, siendo el más sagrado el derecho a entrar en una iglesia y adorar a su Dios con la convicción de su alma.

Pongamos también aquí el capítulo de los secuestros. También son hechos violentos que estorban el proceso pacífico del país. Tengo una carta muy bonita de Don José Antonio Morales, que me encarga agradecer a Dios el rescate de su nieto Fidelito que fue secuestrado meses anteriores, y él relata la tragedia de que fue objeto: "Es angustioso saber que haya hombres con un corazón capaz de hacer sufrir, como cuenta el niño que sufría cuando estaba en el cautiverio. Fue obligado a ingerir narcóticos, y que lo que más le entristecía era que oía decir a esos individuos que si no pagábamos el dinero exigido, lo tenían que matar. Entonces dice él que pensó en su mamá y su papá y todos nosotros a quienes ya nunca volvería a ver. En cambio nosotros sufríamos pena igual, al vernos completamente imposibilitados de poder pagar el rescate y la única esperanza que nos mantenía, era un milagro de Dios". Y cuenta él, cómo ese milagro de Dios se alcanza cuando hay fe en la oración. Es un testimonio que yo recojo para ustedes y para mí, de esa confianza que hemos predicado en el evangelio de hoy.

Agradezco en nombre de los Derechos Humanos la atención que el ERP prestó a la súplica de prorrogar el plazo para dar por concluido el caso del Sr. Jaime Hill Arguello. Y.S.A.X. comentó: "Ojalá el ERP sea realista, ya que eso es lo que podemos pedirle ante todo, y acepte las condiciones nacionales e internacionales en que se encuentra su acción". Yo insisto en la urgencia de negociar condiciones posibles para resolver esta penosa situación. La esposa y la familia del Sr. Hill aseguran que: "Por dar el precio de esa vida, son capaces de todo pero que están en lo imposible. Y que a lo imposible, nadie está obligado." Ruegan encarecidamente una negociación que de verdad esté al alcance de la mano. También en este sentido la familia del Sr. Dunn, ex-Embajador de Sudáfrica, expresa a las FPL que agilicen los canales de negociación para terminar con ese conflicto. Aseguran que los objetivos de publicidad que se proponían las FPL los han logrado ya; y le ruegan no ser tan intransigentes en reclamar lo que para ellos es imposible. Pues prácticamente esta familia no cuenta con el apoyo nacional de su país y se encuentra en situación muy precaria económicamente. Por mi parte, ya que tuvieron la confianza de ponerme de mediador, suplico que se tengan en cuenta esas condiciones y que se acelere esa liberación.

   También me preocupan los otros casos de secuestros que por no alargarme no menciono, pero a quienes son responsables de ellos sí les suplico hacer lo posible de que, respetando los derechos del hombre, merezcamos par Dios también que haya soluciones para nuestros problemas nacionales.

Soledad puso las llaves sobre la mesa de noche. El cuarto era reducido y húmedo. Contra la pared manchada de frases y dibujos obscenos, un gavetero de color incierto ocupaba la esquina opuesta a la cama, en la que había una valija abollada y vieja que mostraba parte de un vestido floreado. De otra pared igualmente manchada colgaba la estampa de un santo de increíbles ojos azules y cabello rubio, en cuyos brazos descansaba un niño rollizo, desnudo y sonriente que sostenía un mundo en sus pequeñas manos.

—No es necesario que se desvista —dijo Rogelio al advertir que Soledad empezaba a desabotonarse la blusa roja.

—¿Cómo que no? —visiblemente perturbada—. Tengo que ganar dinero, si no me castigan.

—No se preocupe por eso —extrajo un billete de la cartera para extenderlo hacia ella—. ¿Es suficiente?

—Sí —tomó el dinero sin saber qué hacer, ni qué decir.

Ambos permanecieron en silencio. Soledad dejó caer el billete sobre la mesa de noche y, aún indecisa, preguntó:

—¿Qué quiere que haga?

—Nada, siéntese, descanse. Cuénteme más de su vida.

—¿No le gusto verdad? No se acuesta con mujeres basureras como yo.

—Claro que usted me gusta —le ofreció un cigarrillo y se lo encendió—. Pero la verdad es que nunca he pagado para...

—¡Me obligan a hacerlo por negocio! —interrumpió aventando una furiosa bocanada de humo como si su propósito fuera herir al aire—. Nunca he estado enamorada de ningún hombre. Es difícil amar cuando la vida sólo nos maltrata.

—Entiendo, créame que le entiendo. Tampoco para mí la vida ha sido color de rosa. Yo también perdí a toda mi familia. Parece que corrió la misma suerte que la suya... Qué extraña es la vida... Nunca creí encontrar a alguien que los conoció. ¡Qué coincidencia conocerla a usted, en un lugar como éste...! ¿Cómo se llama su niño?

—Pedrito —extrajo de la valija una cartera y de ésta una foto en que se destacaban los grandes ojos negros y tristes de un niño—. Este es mi hijito cuando lo dejé en el zaguán de la iglesia —inmediatamente se le humedecieron los ojos y empezó a besar el papel como si fuera su mismo hijo—. ¿Dónde estará mi niño Dios Santo? ¿Dónde estará? —alzó los brazos y se arrodilló ante la estampa del santo, sus ojos se inundaron de lágrimas que resbalaban por sus mejillas hasta estrellarse en el piso—. ¡Dios mío cuidá a mi Pedrito!

Rogelio le tomó suavemente de un brazo para que se levantara. Le acarició el cabello y la estrechó tiernamente.

—¿Por qué no se escapa? Huya lejos de aquí. Es joven y puede rehacer su vida.

—Muchas veces he pensado en eso, pero no tengo donde ir. Esta es mi casa. No conozco a nadie fuera de aquí. No confío en ninguna persona. Además, ¿no entiende que nadie me quiere? Soy basura. Si tuviera donde, hace tiempo que me hubiera fugado.

—Puede irse a los Estados Unidos —fue lo único que se le ocurrió decir.

—¿A los Estados Unidos? ¿Cómo? ¿Con quién? ¿Adónde? Si yo supiera cómo, me fuera al mismo infierno, que no sería peor que esto.

—Conozco varias personas que la pueden sacar del país y ayudarle a entrar en los Estados Unidos. Yo viví en Nueva

York por varios años. Conozco la manera de hacerlo. Le ayudarían a pasar la frontera y le conseguirían trabajo.

—Parece mentira —lo observó con una mirada vacía e incrédula—. Tantos engaños me han hecho desconfiar de los hombres. Pero he sufrido tantos que un engaño más no me va a doler mucho... Si usted me ayuda estoy dispuesta a irme.

—Le arreglaré el viaje. Pero no diga nada de esto a nadie. Los dos corremos peligro.

—No, a nadie, se lo prometo, pero ayúdeme por favor. Dios se lo pagará, señor. Ayúdeme por vida suya. Yo no tengo cómo pagarle, sólo mi cuerpo. Si me ayuda, puede hacer conmigo lo que quiera.

—Salgamos ahora, antes de que vengan a buscarnos. Arréglese la cara. Regresaré pronto para darle noticias sobre el viaje.

—Pero que no se le olvide por favor —suplicó abrazándole con fuerza—. Ayúdeme que ya no aguanto esta vida de perra que me dan. Mire, hace tres días me corté las venas. Estaba dispuesta a quitarme la vida —mostrando el antebrazo con cicatrices aún sanguinolentas—. Pero hasta para matarme tengo mala suerte. Cuando me descubrieron, me amarraron a una silla y me tuvieron encerrada en un cuarto oscuro sin comer por dos días. Por favor no se olvide de mí. Dios se lo pagará.

—No se preocupe —estrechó sus manos heladas y le acarició las húmedas mejillas—. Todo saldrá bien. Se lo prometo. En un par de semanas estará fuera de aquí.

—Al diablo Rogelio —dijo Domínguez al verles regresar al Red Room—. Usted sí que le sacó el jugo a la pobre muchacha. No sea glotón hombre.

—Nosotras nos vamos a dormir —dijo la Chata. Las dos mujeres recogieron vasos y botellas vacías de la mesa y se marcharon.

—Las tres de la madrugada —dijo Domínguez sin asustarse—. Nosotros también nos vamos.

Varios carros de alquiler esperaban en la calle semioscura y lluviosa. Abordaron el primero que se acercó.

—Esto es un verdadero oasis. ¿Verdad que sí Rogelio?

—Así parece —recostándose en el asiento de atrás; la angustiosa cara de Soledad y los grandes y tristes ojos de Pedrito persistían en su mente—. Así parece.

TRES DEMÓCRATA-CRISTIANOS SE INCORPORAN A LA JUNTA DE GOBIERNO. MILITANTES DEL LP-28 OCUPAN LA EMBAJADA DE PANAMÁ Y HACEN REHENES A LOS EMBAJADORES DE PANAMÁ Y COSTA RICA. FUERZAS REBELDES INVADEN BARRIOS DE SAN SALVADOR; MUEREN DOS MILITARES EN LOS ENFRENTAMIENTOS.

Monseñor Romero: Quiero ante todo, felicitarlos porque ustedes dan a este momento la verdadera identidad del Pueblo de Dios. Me estoy refiriendo a un comentario que me hacía el domingo pasado un viejo político de Venezuela que estuvo con nosotros, y venía con cierta curiosidad. Creía que nuestras misas eran más bien mítines políticos y que venía la gente por curiosidad política. Habían desfigurado nuestra misa dominical.

Pero al mismo tiempo que político este hombre es un gran cristiano y me dijo: "Pero me he dado cuenta que es una verdadera asamblea cristiana porque esa gente canta, reza y, sobre todo, cuando llega el momento de la comunión me impresionó tremendamente aquella gran procesión de gente que se acercaba a la eucaristía". Yo sentí una alegría muy intensa, porque lo que yo intento de ninguna manera es hacer política.

Si por una necesidad del momento estoy iluminando la política de mi patria, es como pastor, es desde el Evangelio, es una luz que tiene la obligación de iluminar los caminos del país y aportar como Iglesia la contribución que como la Iglesia tiene que dar. Por eso les agradezco que a esta reunión, le demos toda la identidad de un Pueblo de Dios, que siendo Pueblo de Dios va en medio del pueblo natural, la Patria, y siente la responsabilidad de meditar el Evangelio para lograr ser, cada uno en su ambiente, un multiplicador de esta palabra, un iluminador de los caminos del país.

Las circunstancias son siempre bien apropiadas. Y ¿qué circunstancia no lo es si el Evangelio es una encarnación de Dios en todas las circunstancias humanas? Es este momento en que el país vive el temor, la confusión, la inseguridad, la incertidumbre, ¡cuánta falta nos hace una palabra de serenidad, de alcance infinito: el Evangelio!

Desde esta Iglesia que debe ser luz del mundo, miramos precisamente hacia el mundo que nos rodea para tratar de iluminarlo con la fe. Cuando yo dije en Lovaina la dimensión política de la fe, terminaba diciendo que lo que marca para nuestra Iglesia los límites de esta dimensión política de la fe, es precisamente el mundo de los pobres. En las diversas coyunturas políticas lo que interesa es el pueblo pobre. No quiero detallarles todos los vaivenes de lo política en mi país, he preferido explicarles las raíces profundas de la actuación de la Iglesia en este mundo explosivo de lo socio-político salvadoreño y he pretendido esclarecerles el último criterio que es el teológico e histórico para la actuación de la Iglesia en este campo: el mundo de los pobres. Según les vaya a ellos, al pueblo pobre, la Iglesia irá apoyando, desde su especificidad de Iglesia, uno u otro proyecto político. O sea que la Iglesia así es como mira en este momento de la homilía: apoyar aquello que beneficie al pobre... así como también denunciar todo aquello que sea un mal para el pueblo. Con este criterio, vamos a juzgar algunos hechos de esta semana, por ejemplo:

Se promulgó el famoso decreto 114 que ha suscitado tantas discusiones y polémicas. A la Iglesia no le interesan los legalismos que muchas veces esconden egoísmos. A la Iglesia lo que le interesa es si ese decreto vaser de verdad un paso libre hacia las transformaciones que los pobres necesitan, o no vaser un eficaz camino hacia allá. Si significa algo bueno para el pobre, la Iglesia está de acuerdo; y si no significa nada para el pobre, el decreto tampoco le interesa a la Iglesia.

Lamentablemente, a pesar de ese camino abierto, las promesas continúan sin concretarse en hechos. Lo que sí se ha evidenciado más en esta semana es que ni la Junta, ni la Democracia Cristiana están gobernando al país. Sólo se están prestando a que se dé a nivel nacional e internacional esta apariencia. La masacre del 12 de febrero en contra de manifestantes del MERS, y el sangriento desalojo de los ocupantes de la sede de la Democracia Cristiana, manifiestan claramente que ellos no son los que gobiernan sino el sector más represivo de las Fuerzas Armadas y de los cuerpos de seguridad. Los mismos dirigentes de la Democracia Cristiana reconocieron que estos actos no pueden menos que considerarse como actos de desobediencia y contravención a la posición adoptada por la Junta a través del Coronel Majano, cuando se aseguraba la no intervención de los Cuerpos de Seguridad. A éstos, no les importó que estuviera allí la hija de un miembro de la Junta, no la esposa del Ministro de Educación, menos les importó respetar la vida de los ocupantes. Asesinaron, asesinaron brutalmente a varios de ellos. Son horrorosas las descripciones que han transcendido a través de testigos presenciales.

Si la Junta y la Democracia Cristiana no quieren ser cómplices de tanto abuso de poder y tanto crimen, deben señalar y sancionar a los responsables. No basta que digan que van a hacer investigaciones. Hay testigos presenciales dignos de credibilidad para los miembros de la Junta y del Partido, que pueden abreviarles las investigaciones. También se está esperando que se indemnice a las familias de los asesinados por los Cuerpos de Seguridad. Así se van alejando cada vez más las esperanzas de que se sancione a los responsables de la represión de regímenes anteriores, al ver que las actuales autoridades militares y de los Cuerpos de Seguridad, como sus antecesores, se siguen manchando las manos de sangre porque continúan reprimiendo al pueblo ahora más que antes.

También con esto se ha evidenciado que el actual gobierno carece de sustentación popular, sólo está basado en las Fuerzas Armadas y en el apoyo de algunas potencias extranjeras. Esta es otra responsabilidad grave de la Democracia Cristiana: que su presencia en el gobierno, junto a intereses políticos y económicos particulares, estén moviendo a países como Venezuela y los Estados Unidos a apoyar una alternativa que dice ser antioligárquica pero que de verdad es antipopular...

Domínguez: Un hombre fue a abrir la puerta y otro indicó que me pusiera de pie y caminara. Volvimos al mismo recorrido de los pasillos, esta vez descendiendo hacia un sótano. Abrieron una puerta de hierro y, de golpe, un intenso hedor se apoderó de mi respiración. Me estremecí al pensar que pronto mi cuerpo empezaría a descomponerse y formaría parte de aquella pestilencia. Cerraron la puerta y me hicieron avanzar a empujones. En la oscuridad empezaron a dibujarse los barrotes de las celdas, luego bultos estáticos y amorfos que emitían quejas y deliraban. Un empellón me hizo que fuera a parar dentro de una celda. Las rejas se cerraron con un alarido de hierro oxidado que se prolongó en agudo eco. El taconeo de los hombres se alejó. La puerta del sótano se abrió y cerró de golpe, quedando todo en completa oscuridad... en silencio. El intenso tufo había contaminado el aire y sentí que me desmayaba. Apoyando la espalda en la pared fui deslizándome hacia el piso y, al tratar de sentarme, hice contacto con un bulto suave, como si fuera almohada, y ahí recosté mi cabeza. El cansancio, la falta de ventilación, la confusión y la incertidumbre, se unieron a mi resignación y, arrullado por una débil voz que se esforzaba por cantar en una celda vecina, me fui durmiendo como si estuviera bajo el efecto de una potente droga... "Vuela... Vuela... pajarillo, vuela... vuela hacia... tu nido, que aquí... termina la historia... del que... murió... por su partido..."

Aquella voz triste fue el preámbulo de una pesadilla...
Varios hombres me conducían hasta un cuarto de cuyas paredes pendían capuchas, cuerdas, aparatos extraños. En una esquina, un catre de hierro sin colchón, dos sillas y una mesa de madera. "Aquí es donde traemos a los que no quieren confesar por las buenas, sólo por las malas," dijo un hombre. "Los amarramos al catre, les conectamos alambres en los oídos y les aplicamos choques eléctricos que sacuden el cuerpo y causan profundo dolor..." Otro agregó: "Ahí está la capucha que no presta gana. La llenamos de cal viva y te la ensartamos en la cabeza. Te quema los ojos y te para la respiración. Sentís que te morís ahogado. Después te amarramos de los testículos y te colgamos del techo. Y si aún así no decís la verdad, te sacamos los ojos y te inyectamos drogas que te hacen confesar cualquier cosa..." La sola mención de semejantes torturas me dejó horrorizado. Las fuerzas me fallaron y, cuando iba a desplomarme en el piso, un hombre estuvo listo a sujetarme de un brazo. "No te aflijás, viejo, no te estés muriendo antes del tiempo. Ya llegará tu turno, y entonces veremos de quién son las mulas..."

Ignoro cuánto tiempo estuve dormido, pero desperté al sentir que me agarraban de los brazos y me levantaban, mientras que alguien, plantado en la entrada de la celda, proyectaba hacia mí la potente luz de una lámpara que también alumbró el bulto que me había servido de almohada. Era un cuerpo inerte. Un hombre dijo: este baboso ya "se fue con Pancho", hay que limpiar la celda. Nuevamente atravesamos pasillos pestilentes y ascendimos por sucios escalones, y volvimos a encontrarnos en los corredores con otros prisioneros escoltados. Llegamos a la misma oficina y me sentaron en el banquillo.

Ahora sí que va en serio, pensé. Qué más da. Volverán a interrogarme y me amenazarán; ignoran que estoy resignado a todo. Vino a mi memoria la canción del prisionero y me entró tristeza, la que se esfumó con los escalofríos que sentí al recordar el cuarto de torturas aparecido en mi pesadilla.

El interrogador se acercó encendiendo un cigarrillo con la colilla de otro. Te salvó la campana viejo, dijo. Tenés suerte que varios ministros influyentes intercedieron por vos... Te han salvado el pellejo... Aquellas palabras me causaron tremenda sorpresa, creando en mí una repentina y profunda alegría de vivir. De ahora en adelante portate bien cabroncito, prosiguió con el mismo tono de voz grosero pero que ya no me repugnaba. La próxima vez será la última, pendejo. Te vamos a tener cortito, y si das un mal paso, mirá, te jodiste, "ahí murió la flor", no importa que intercedan por vos cien ministros... Lleven este viejo a la enfermería para que lo remienden. Pronto vendrán a reclamarlo.

Y yo me sentí otra vez niño, Rogelio. Como si acabara de salir a la luz después de haber estado preso por siglos en el vientre de una horrible pesadilla.

San Salvador, 17 de febrero de 1980

Excmo. Sr. Presidente de los
Estados Unidos de Norte América
Jimmy Carter
Pte.

Señor Presidente:

En estos últimos días ha aparecido en la prensa nacional una noticia que me ha preocupado bastante. Según ella su gobierno está estudiando la posibilidad de apoyar y ayudar económica y militarmente a la Junta de Gobierno.

Por ser usted cristiano y por haber manifestado que quiere defender los derechos humanos me atrevo a exponerle mi punto de vista pastoral sobre esta noticia y hacerle una petición concreta.

Me preocupa bastante la noticia de que el gobierno de los Estados Unidos esté estudiando la manera de favorecer la carrera armamentista de El Salvador enviando equipos militares y asesores para "entrenar a tres batallones salvadoreños en logística, comunicaciones e inteligencia." En caso de ser cierta esta información periodística, la contribución de su gobierno en lugar de favorecer una mayor justicia y paz en El Salvador agudizará sin duda la injusticia y la represión en contra del pueblo organizado que muchas veces ha estado luchando porque se respeten sus derechos humanos más fundamentales.

La actual Junta de Gobierno y sobre todo las Fuerzas Armadas y los cuerpos de seguridad desgraciadamente no han demostrado su capacidad de resolver, en la práctica política y estructuralmente, los graves problemas nacionales. En general sólo han recurrido a la violencia represiva produciendo un saldo de muertos y heridos mucho mayor que los regímenes militares recién pasados cuya sistemática violación a los derechos humanos fue denunciada por la misma Comisión Interamericana de Derechos Humanos.

La brutal forma como los cuerpos de seguridad recientemente desalojaron y asesinaron a ocupantes de la sede de la Democracia Cristiana a pesar de que la Junta de Gobierno y el Partido —parece ser— no autorizaron dicho operativo es una evidencia de que la Junta y la Democracia Cristiana no gobiernan el país sino que el poder político está en manos de militares sin escrúpulos que lo único que saben hacer es reprimir al pueblo y favorecer los intereses de la oligarquía salvadoreña.

Si es verdad que en noviembre pasado "un grupo de seis americanos estuvo en El Salvador suministrando doscientos mil dólares en máscaras de gases y chalecos protectores e instruyendo sobre su manejo contra las manifestaciones", usted mismo debe estar informado que es evidente que a partir de entonces los cuerpos de seguridad con mayor protección personal y eficacia han reprimido aún más violentamente al pueblo utilizando armas mortales.

Por tanto, dado que como salvadoreño y Arzobispo de la Arquidiócesis de San Salvador tengo la obligación de velar porque reine la fe y la justicia en mi país, le pido que si en verdad quiere defender los derechos humanos:

Prohiba se dé esta ayuda militar al gobierno salvadoreño.

Garantice que su gobierno no intervenga directa o indirectamente con presiones militares, económicas, diplomáticas, etc., en determinar el destino salvadoreño.

En estos momentos estamos viviendo una grave crisis económico-política en nuestro país, pero es indudable que cada vez más el pueblo es el que se ha ido concientizando y organizando y con ello ha empezado a capacitarse para ser el gestor y responsable del futuro de El Salvador y el Único capaz de superar la crisis.

Sería injusto y deplorable que por la intromisión de potencias extranjeras se frustrara el pueblo salvadoreño, se le reprimiera e impidiera decidir con autonomía sobre la trayectoria económica y política que debe seguir nuestra patria. Supondría violar un derecho que los obispos latinoamericanos reunidos en Puebla reconocimos públicamente cuando dijimos: "la legítima autodeterminación de nuestros pueblos que les permita organizarse según su propio genio y la marcha de su historia y cooperar en un nuevo orden internacional." (Puebla, 505).

Espero que sus sentimientos religiosos y su sensibilidad por la defensa de los derechos humanos lo moverán a aceptar mi petición evitando con ello un mayor derramamiento de sangre en este sufrido país.

Atentamente,

Oscar A. Romero (Arzobispo)

El fin de semana en casa de mis padres y en compañía de Rogelio fue verdaderamente agradable, nos hizo olvidar la violencia de San Salvador por un par de días. Lamentablemente, la tarde del domingo descendió sobre la altiplanicie de Ilobasco y nos obligó a despedirnos de mis padres, quienes rogaron a Rogelio que regresara pronto, asegurándole que la casa estaba a su disposición y que siempre sería recibido con los brazos abiertos.

Abordamos la camioneta hacia la capital. Mientras el vehículo se alejaba, observaba a través de las ventanas cómo la distancia aminoraba las figuras de mis padres y mi hermano quienes, con persistentes movimientos de mano, nos decían adiós como si se tratara de un último saludo. Como si viajáramos hacia una tierra extraña e impredecible por largo tiempo.

La primera parte del retorno a San Salvador transcurrió en silencio. Recuerdo que anoté en mi libreta ciertas metáforas que se me ocurrieron pensando que tal vez, con suerte, se transformarían en poemas. Luego me dediqué a estudiar a los pasajeros, entre los que se destacaba un mayor número de hombres, de piel oscura, serios y taciturnos, posiblemente obreros, o campesinos. Las mujeres no apartaban la mirada de sus canastos con fruta, queso fresco y botellas de crema. Algunos niños dormían sobre las piernas de sus madres y otros, con los ojos pegados a la ventana, observaban los caseríos y los postes de la luz que pasaban veloces en dirección contraria a la del bus.

Rogelio venía pensativo pero fue él quien, finalmente, quebró el silencio al hacer un comentario sobre la fineza de mi familia. Dije que ellos eran todo lo que tenía en este mundo... "Mantienen mi espíritu muy en alto. Me dan valor para enfrentarme a la vida. No sé que haría sin ellos."

"Tenés mucha suerte," dijo Rogelio. "Yo en cambio estoy solo, pues toda mi familia, como vos sabés, fue víctima de los conflictos que se dieron en la frontera con Honduras."

"Qué desgracia," dije. "Cómo es posible que países tan pequeños y pobres, en vez de trabajar juntos por una Centroamérica unida, se hagan la guerra. ¿Cuándo vamos a convencernos de que nuestra historia, cultura, tradición y destinos son comunes, que somos hermanos de pura sangre, que desde los tiempos de la conquista española corremos la misma suerte?"

El autobús se detuvo de manera abrupta y forzada. Los frenos chillaron y los pasajeros estallaron en gritos, cayendo al piso entre maletas y canastos, frutas y gallinas, trozos de queso y botellas de crema que rodaron bajo los asientos, estrellándose contra las paredes del autobús. Yo logré aferrarme a Rogelio quien instintivamente se había agarrado de los barrotes del asiento delantero para evitar caer al piso.

El motorista gritó:

"¡Hay unos cuerpos en medio de la carretera! ¡No puedo pasar encima de ellos!"

El cobrador ayudaba a una señora que había quedado enterrada entre canastos con fruta y pan.

"¡Hay que apartarlos! ¡Que nos ayuden!" pidió el motorista. "¡Son varios cuerpos!"

El cobrador señaló a Rogelio.

"¡Usted señor, ayúdenos a moverlos, apúrese!"

Alumbrados por las luces del autobús y lámparas de mano, varios hombres bajaron a la carretera y localizaron cuatro cadáveres.

"¡Vamos, rápido!"

El motorista y un pasajero levantaron un cuerpo y lo llevaron a un costado de la calle. Yo también bajé para ofrecer ayuda. Rogelio me pidió que regresara a mi asiento pero, al comprender mi determinación, desistió de sus ruegos. Los cadáveres eran de agentes de la guardia; destrozados por vehículos que pasaban de largo sin detener la marcha y apartarlos.

"¡Levantemos éste!" dijo el cobrador tomando uno por los brazos.

Yo lo cogí de un pie, Rogelio del otro y lo arrastramos hacia la grama. Las fuertes luces del bus alumbraron con toda claridad la cara del guardia. Al verle, no pude ocultar mi sorpresa. Se trataba del agente que el sábado había revisado nuestras cédulas de identidad. Rogelio también lo reconoció. Era el mismo que había insistido que le pintara su retrato, y que planeaba visitar para averiguar sobre la suerte de Ignacio que él parecía conocer. Pero ahora estaba ahí helado, con los ojos desorbitados y la boca abierta mostrando una lengua morada y unos cuantos dientes con corona de oro; la frente salpicada de sangre coagulada alrededor de varios agujeros obviamente causados por balazos.

"¡Apúrense por favor!" pidió el cobrador cubriéndose la naríz con un pañuelo, empujando a Rogelio para que ambos subiéramos.

"¡Vámonos!"

El motorista ya se encontraba frente al timón.

"¡Vámonos antes de que nos echen el muerto!" gritó hundiendo el pie en el acelerador, como si el bus fuera perseguido por el propio Satanás.

"Pobres guardias," dijo una mujer. "Hoy en día no se salva nadie."

Rogelio me ofreció un pañuelo para que me limpiara las manos. "¡Qué horror!" dije al verlo manchado de sangre, sin poder borrar de mi mente la diabólica expresión de la cara desfigurada del guardia.

MILITANTES DE LAS FPL ATACAN CUARTEL DE LA GUARDIA NACIONAL CON BOMBAS ANTI-TANQUE. LA GUARDIA NACIONAL DESPLIEGA TANQUETAS POR LA CIUDAD. 29 MUERTOS Y 14 HERIDOS.

Sala de redacción. Rogelio está concentrado en su trabajo. No parece prestar atención a los movimientos de Domínguez quien va y viene nerviosamente por la oficina fumando, aventando intensas bocanadas de humo. Domínguez aplasta el cigarrillo en el cenicero. Va hacia la ventana y contempla la ciudad.

Domínguez: Estamos bien jodidos Rogelio. Dan ganas de agarrar los cachivaches e irse al carajo. Permanecer aquí es como estar esperando a ser decapitado. Uno no sabe exactamente cuándo le toca su turno pero presiente que está cerca, muy cerca... La ciudad se destruye, se derrumba. Mire aquella esquina (señala), los andenes manchados con sangre, las paredes plagadas de frases tenebrosas.

(Rogelio se incorpora de su asiento y va hacia la ventana.)

Domínguez: Fíjese en lo que dice aquella: "Ayer Cuba, hoy Nicaragua, mañana El Salvador."

Rogelio (regresando a su escritorio): Hay mucha gente que no quiere saber absolutamente nada de la izquierda ni de la derecha, lo único que les importa es trabajar y seguir adelante con su vida. No les interesa la política.

Domínguez: Pero tampoco pueden escapar de esta situación. Terminan acribillados de todas maneras. Este vendabal de violencia arrastra incluso con los inocentes.

(Moncada, el administrador, aparece en el umbral de la puerta.)

Domínguez: Hola Moncada, entre, pase adelante, ¿qué se le ofrece?

Moncada (entra en la oficina): Lo siento mucho Domínguez, pero le traigo muy malas noticias.

Domínguez (va hacia la silla detrás de su mesa de trabajo): ¿Qué pasa Moncada? Eche la piedra. No me oculte nada.

Moncada (extiende un papel a Domínguez): Mire, esta nota fue entregada a la secretaria por un extraño. Se trata de una doble amenaza. Muerte para el director si no abandona el país immediatamente y, además, amenazan con dinamitar el periódico si no lo cerramos.

Domínguez: (en tono despectivo, tratando de restar importancia a la amenaza): No es la primera vez.

Moncada: Yo sé muy bien que no es la primera, pero ahora los empleados están más preocupados que nunca. Algunos ya se marcharon a sus casas. Otros temen entrar en la oficina. Realmente, no sé qué hacer.

Rogelio (acercándose al administrador, toma de sus manos la nota): ¿Qué pasó con la amenaza anterior?

Moncada: La verdad Rogelio, es que ésta es la tercera amenaza, ¿no es así Domínguez?

Domínguez: Así es. En la primera ocasión, el director abandonó el país, estuvo ausente varios meses y no pasó nada. (Domínguez se pasea por la oficina, bajo la atenta mirada de Moncada y Rogelio.) La segunda vez plantaron una bomba y los terroristas telefonearon amenazando de muerte al director para que cerrara el periódico. Como no accedió, lo secuestraron. Lo dejaron libre después de cierto tiempo.

Moncada (a Domínguez): No hay que olvidar el incidente de su arresto, del que salió con vida de puro milagro.

Domínguez (evadiendo el tema del arresto): ¿Tenemos noticias del fotógrafo y del reportero?

Moncada: No, no se les ha visto en dos días. Espero que no les haya pasado nada malo.

Domínguez: A lo mejor se emborracharon y agarraron "zumba" como lo hicieron el mes pasado. ¿Se acuerdan que tuvimos que ir a recogerlos a la playa del Majagual? Habían empeñado hasta las cámaras fotográficas...

Rogelio: ¿Cuál será el motivo de esta última amenaza?

Domínguez: Quién sabe. Bien puede ser por la serie de artículos y fotografías sobre el abuso de los derechos humanos en el país que hemos estado publicando. Casualmente, los dos muchachos ausentes fueron los encargados de esos reportajes.

Monseñor Romero: A la Democracia Cristiana, le pido que analice no sólo sus intenciones, que sin duda pueden ser muy buenas, sino los efectos reales que su presencia está ocasionando. Su presencia está encubriendo, sobre todo a nivel internacional, el carácter represivo del régimen actual. Es urgente que como fuerza política de nuestro pueblo, vean desde dónde es más eficaz utilizar esa fuerza en favor de nuestros pobres: Si aislados e impotentes, en un gobierno hegemonizado por militares represivos, o como una fuerza más que se incorpora a un amplio proyecto del gobierno popular, cuya base de sustención no son las actuales Fuerzas Armadas, cada vez más corrompidas, sino el consenso mayoritario de nuestro pueblo.

No estoy en contra de la institución de las Fuerzas Armadas.

Sigo creyendo que hay elementos honestos que son la esperanza de su propia reivindicación. También creo en la necesidad de unos verdaderos cuerpos de seguridad, que sean la seguridad de nuestro pueblo. Sin embargo, no puedo estar de acuerdo con aquellos militares que abusando de su rango están desprestigiando a estas instituciones necesarias, convirtiéndolas en instrumentos de represión e injusticia. Da la impresión que es la derecha la que está gobernando... Y así será, mientras el gobierno no señale y sancione a los responsables de tanta represión y sea incapaz de llevar adelante las reformas propuestas en favor del pueblo pobre, porque la olgirquía es la que está aprovechando esta debilidad política del gobierno para atacarlo e impedir por la fuerza militar, que lleve a cabo sus reformas.

Cada vez más se vuelve a oír como antes, el rumor popular de la convivencia entre los cuerpos de seguridad y los grupos clandestinos armados de derecha. El sufrimiento del pueblo crece, hasta hacerse ya imposible un recuento de los hechos violentos de esta procedencia de derecha. Sólo como ejemplo, me quiero referir a mis queridos sacerdotes. Porque así como el abono, el estiércol hace más hermosos los jardines, también la calumnia de estos días ha hecho florecer la santidad de nuestros apóstoles en los campos de la pastoral. Aquí tenemos cartas muy bonitas de sacerdotes que repudian la calumnia y hacen responsables a sus autores de lo que les pueda suceder. Y ratifican su compromiso con el pueblo, porque no están comprometidos con nadie más que con Cristo y con el pueblo que refleja la santidad de Cristo Nuestro Señor.

Entre estas cartas, que sería muy largo enumerar, me llega también la información del ametrallamiento de la residencia de los jesuitas. El sábado 16 de febrero a las 12:45 de la madrugada, se escucharon ráfagas de G-3 y de ametralladoras, se encontraron unos cien impactos de bala en las puertas exteriores de la casa, en los dos pisos de su interior y en un carro. Después del tiroteo se oyó salir un carro a toda velocidad. En esta residencia viven los jesuitas que en los últimos años han sido perseguidos. Recordemos en 1973, cuando se les enjuició públicamente por asuntos en el Externado San José, el asesinato del jesuita P. Grande y así otros hechos que demuestran cómo a esta línea sacerdotal se le odia y se le persigue por lo que hemos dicho antes, por su compromiso con el pueblo.

También se ha amenazado a 52 jesuitas que trabajan en Guatemala, como reacción contra el documento que de parte de todos los jesuitas de Centro América escribieron para denunciar el abuso sistemático del poder, la injusticia económica y el aumento de la violencia indiscriminada y la grave violación de los derechos humanos de la población indígena en Guatemala.

Nuestra revista Búsqueda, se la recomiendo mucho, trae un artículo sobre el P. Rafael Palacios, asesinado el 20 de junio del año recién pasado y el P. José Napoleón Macías, asesinado el 4 de agosto. Se ha hecho una recopilación de documentos, de testimonios, de escritos, que reflejan que estos sacerdotes están muy lejos de ser infiltradores de comunismo y sí son verdaderos mensajeros del evangelio de Jesucristo.

Recibo una carta sumamente triste, de Juan Alcides Guardado, que se dirigía a su casita en el caserío el Picacho, cantón La Laguna de Las Vueltas, Chalatenango. Y cuando iba de camino le dijeron que no fuera, que todo aquello era una desolación, y de verdad, no pudo encontrar ni a su propia mamá. Me encarga que por medio de esta radio que llame a ver si su mamá da muestras de dónde está para ir a encontrarla. ¡Qué cosas más absurdas suceden en nuestra patria!

Son de allá, como ya les dije, muchos de los que están refugiados en la Catedral, y muchos andan huyendo también de esta ola de terrorismo.

Una carta de la Sra. María Ignacia Rivera, de San Agustín, en Usulután, también llora denunciando el asesinato de su hijo Manuel de Jesús. Deja a su esposa viuda con seis niños pequeños.

El profesor Agustín Osmín Hernández, capturado por cinco agentes de seguridad el 12 de febrero a las 13:30 de la mañana en Aguilares. También están preocupados por él su esposa y la comunidad de Zacamil. Ojalá esta advertencia sirva para acelerar su libertad o ponerlo en los tribunales como es justo.

También a llegado testimonio de solidaridad por el ametrallamiento contra la casa del profesor Guillermo Galván.

Amenazas de muerte ha recibido el Dr. Roberto Lara Velado. Quienes conocemos su trayectoria honrada, no pode-

mos menos que solidarizarnos con él y denunciar estas amenazas a muerte en contra de la honorable y cristiana persona
del Dr. Roberto Lara Velado.

Lo más grave es lo de la extrema derecha que fragua un
golpe militar de derecha. Mucho se habla de esto. Así como
también de una huelga general de empresas privadas. Sería
imperdonable apelmazar la marcha de la aspiración de nuestro pueblo por la justicia. Los que sustentan el orden injusto
en que vivimos de ninguna manera tienen derecho a un golpe
insurreccional, pero una victoria de este signo sobre un pueblo
ya concientizado costaría mucha sangre y no lograría ahogar
el clamor de la justicia en ese pueblo... Lo más lógico es que
los poderosos de la oligarquía reflexionen con serenidad
humana y cristiana, si es posible, el llamamiento que Cristo
les hace hoy desde el Evangelio: "¡Ay de ustedes, porque
mañana llorarán!" Es mejor, repitiendo la imagen ya conocida,
quitarse a tiempo los anillos antes de que les puedan cortar la
mano. Sean lógicos con sus convicciones humanas y cristianas,
y den un chance al pueblo a organizarse con un sentido de justicia y no quieran defender lo que es indefendible...

Con las manos nerviosamente aferradas a los pinceles, me enfrentaba a un pedazo de papel dispuesto sobre la mesa de dibujo. Tenía la intención de pintar algún paisaje, tal vez una figura en la ventana observando el atardecer. Pero el panorama que se colaba por la ventana no era propicio para mis intenciones, no como el de otros tiempos que aportaba bellas formas y vibrantes colores, pues había sido también vandalizado por la lucha, la guerra entre el hombre que persistía en su dominación y el que había decidido abolirla. La guerra violó el paisaje. Lo convirtió en foro donde día y noche se enfrentaban gladiadores y fieras, furor y sangre.

Sin embargo, impulsado por mis obstinadas ansias de crear trabajé el cuadro hasta terminarlo. La pintura representaba lucha, dolor, muerte. A la montaña del fondo no la cubrían flores sino cruces. Tampoco era verde como en otros tiempos. O azul como en los mejores días. A pesar mío, predominaba el color rojo. ¡Rojo sangre! El cielo de la pintura era gris oscuro, y no celeste. El sol había ennegrecido. Emitía tinieblas. No reflejaba vida sino muerte.

"Simón tiene razón," afirmé a Lourdes. "Estos cuadros son horrorosos."

"Pero representan el panorama real," dijo ella observando la composición. "Aunque deprimente, es verdadero. Como artista, te corresponde observar y documentar, ser testigo de la historia; plasmar en tu arte la realidad para que se convierta en testimonio del quehacer humano."

"Pero este cuadro carece de la más mínima fantasía," dije con tristeza. "Y por muy objetivo que aspire a ser, el arte tampoco debe rayar en el realismo. El artista ha de añadir su poesía, para crear una obra que trascienda la realidad. De lo contrario el arte no aporta nada nuevo, se limita, no dice nada diferente. Se convierte en máquina fotográfica, herramienta de dogmas. Los sentimientos personales quedan anulados."

"Te lo propongas o no, tus sentimientos artísticos siempre quedan plasmados en tu obra, porque aún esta pintura que vos encontrás lúgubre y deprimente, refleja la opresión de la realidad a tu misma creatividad. Demuestra que también el arte sufre la violencia en que vivimos."

"Pero entonces, ¿dónde está la esperanza con que el arte supuestamente reconforta a la humanidad, que hace escapar al hombre de su realidad recalcitrante? ¿Dónde está la ilusión?"

"Eso es pura mentira," argumentó Lourdes con cierto desprecio. "¿Cómo vos, si te considerás artista honesto, podés pintar cuadros bellos mientras que en la calle matan a la gente por reclamar sus derechos más fundamentales, como el derecho a la vida? El arte no tiene que ser bello sino puro. Y el arte que se acerca a esta pureza, que en verdad refleja nuestra vida actual, es ese que acabás de pintar."

Presa de la frustración, tomé el cuadro y lo destrocé en innumerables fragmentos que iba lanzando a un rincón donde se acumulaban fracasados intentos de otros días y otras noches. Intentos de creatividad espontánea y libre devorados por la realidad.

"Aun esos cuadros despedazados," continuó Lourdes ante mi desesperación, "documentan el arte y el tiempo de hoy. Y esto no tiene, en absoluto, nada conflictivo. El conflicto aparece cuando nos negamos a aceptar la realidad de la cual, nosotros y el mismo arte, no pueden escapar, ya que ambos corremos igual suerte."

Y desde el momento en que los conceptos de Lourdes identificaron la crisis por la que pasaba mi pintura, la fantasía de mis cuadros anteriores quedó acribillada. Como si los personajes se abochornaran de su función extrictamente decorativa. Los colores oscurecieron y las formas se desinflaron. Un domingo, después de haber escuchado por la radio la palabra de Monseñor Romero, con mucho entusiasmo mostré a Lourdes un cuadro que había pintado la noche anterior. Una composición que no reflejaba otra ambición que la creatividad libre y pura. Una pintura abstracta.

"El silencio y la frialdad de este cuadro ante los hechos actuales lo convierten en cómplice del sistema represivo," fue su reacción al cabo de un corto examen.

"Pero el arte sólo obedece al arte," dije enfurecido, frustrado ante semejante rechazo a mis afanes artísticos. "El arte no siempre puede dejarse arrastrar por la realidad, porque es un fenómeno que crea sus propias leyes, basadas en ese sagrado principio de la expresión libre. Libre de dogmas, espacio, tiempo; que sobrepasa los problemas del mundo para establecerse como símbolo de la creatividad pura."

"Hablás como un perfecto burgués. Un insensible al sufrimiento de tu raza. ¿Dónde está el sentimiento humanista del arte?"

Y mi pintura, que era la balsa que hasta entonces me había salvado del hundimiento en el caos, naufragaba abruptamente. Su magia y encanto iban desapareciendo. Los elementos ricos en alegorías fantásticas se tornaban vacíos, estériles, incoloros. Pero también comprendí que, ahora más que nunca, era cuando yo necesitaba crear, pintar. Porque era mi única alternativa para no dejarme arrastrar por la violencia y, por lo tanto, alimentarla. Pero el dilema entre arte y realidad causaba en mí una desesperación asfixiante, pues no estaba seguro si mi pintura debía expresar la opresión de la realidad a la creatividad, o la injusta realidad que oprimía al pueblo. O quizás necesitaba una pintura que mostrara ambas opresiones.

"¿Qué hago yo, Lourdes, como artista en medio de este desastre? ¿Qué camino tomo?"

"Tal vez te ayuden estas palabras de Ernesto Sábato," dijo Lourdes extendiendo un papel para leerlo en voz alta: "En medio del desastre y del combate, inmersos en una realidad que cruje y se derrumba a lo largo de formidables grietas, los artistas se dividen en aquellos que valientemente se enfrentan al caos, haciendo una literatura —una obra de arte, recalcó ella para generalizar—, que describe la condición del hombre en el derrumbe; y los que, por temor al asco, se retiran hacia sus torres de marfil o se evaden hacia mundos fantásticos."

Esa misma noche cubrí con pintura blanca varios cuadros antiguos, y en largas vigilias colmadas de pasión y arrebato, pinté una serie de composiciones tituladas "Liberación". Los nuevos cuadros mostraban personajes que gritaban demandando el cese de la represión, la violencia, las persecuciones, las torturas, el hambre y la pobreza. Las pinturas se poblaron de niños desnutridos, de campesinos y de obreros asesinados, de madres afligidas y harapientas. Apareció la figura de Monseñor Romero denunciando masacres. Pero las cosas continuaban igual, si no peor, en la calle como en mi atribulado espíritu. Toda esa indignación y protesta en mis lienzos no cambiaba nada. Frustrado nuevamente, confesé a Lourdes mi decisión de abandonar la pintura.

"No puede la metáfora celeste señorearse y dar su bella espalda a la mujer y sus hijos que lloran ante el cadáver de su ser querido. Imposible. El arte por el arte no tiene aquí razón de ser."

"No te desilusionés, Rogelio. Si sos artista verdadero vas a regresar a tus pinceles. Lo que sucede es que tus convicciones artísticas y morales están en pugna, pasan por una crisis importante. Y si sobreviven, aparecerás con una nueva convicción, una manera diferente de ver las cosas, el mundo; que abrirá el camino a una pintura que refleje tu circunstancia. Porque eso es el arte, circunstancia y convicción, conciencia y determinación. Vida. El resto viene por añadidura, o está de sobra."

RENUNCIAN MIEMBRO DE LA JUNTA Y OFICIAL DEL GABINETE "EN PROTESTA A LA POLÍTICA DEL GOBIERNO DE REFORMAS CON REPRESIÓN."

Sala de redacción. El administrador empuja la puerta. Domínguez y Rogelio le saludan al verle entrar. Trae un manojo de papeles en una mano y fotografías en la otra. Su cara se muestra seria, su cabello despeinado. Da la impresión de encontrarse sumamente perturbado.

Moncada: Con el permiso de ustedes.

Domínguez: Adelante, ¿qué se le ofrece?

Moncada: Ahora sí que nos jodieron. Han encontrado los cadáveres del reportero y el fotógrafo. Varios empleados, presas del pánico, han renunciado. Ahora sí que vamos a tener que cerrar el periódico. Aquí está el informe sobre los dos muertos, miren qué horror. (Entrega notas y fotografías a Domínguez.)

Domínguez: ¡Qué horror! Cómo es posible que un ser humano sea capaz de quitarle la vida a otro en forma tan salvaje.

Moncada: Un acto de bestias infernales.

Rogelio (observa las fotos y es estremecido por un intenso escalofrío): A la... Los han descuartizado.

Moncada: Según los informes, primero los torturaron, luego les balearon en la cara y en el pecho, después les mutilaron las manos y piernas en múltiples pedazos, y finalmente les cortaron los miembros genitales.

Domínguez: Una verdadera carnicería.

Moncada: Y como si todo eso fuera poco, continúan las amenazas de dinamitar el diario. (Hace una pausa y mira a Domínguez directamente a los ojos.) Creo que lo mejor es cerrar el periódico. No considero justo exponer la vida de nuestros empleados al peligro que significa continuar publicando La Tribuna.

Domínguez: ¿Y qué opinan los empleados?

Moncada: La mayoría quiere seguir adelante. Sobre todo por no perder el trabajo. No es posición ideológica. Es cosa de sobrevivencia simplemente.

Domínguez (se acerca al administrador y le devuelve los informes): ¿Cuántos empleados quedan?

Moncada: Los suficientes para la producción. Todavía hay gente decidida... El director se encuentra en Europa. Establecimos comunicación con él. Dijo que por razones de seguridad personal permanecerá fuera del país por cierto tiempo y que, mientras tanto, eligiéramos un director interino. Yo no puedo hacerme cargo de la dirección. Sólo sé de administrar fondos y de distribución. El único aquí con tal experiencia es usted Domínguez. Todos los administradores hemos acordado en proponerle a usted la dirección. (Pone una mano sobre el hombro de Domínguez.) ¿Qué me dice? ¿Acepta?

Dominguez: No sé qué decirle Moncada. Me agarró de sorpresa. Pienso que al asumir el cargo estaría poniendo en peligro mi propia vida, y eso sí que es serio. Recuerde que ya me arrestaron una vez y que por pura suerte salí con vida.

Moncada: Ciertamente. La situación es muy seria. Cosa de vida o muerte. Por eso piénselo bien, y me da su respuesta mañana... Con el permiso de ustedes, debo regresar a mi oficina, de seguro me necesitan, nos vemos más tarde. (Sale de la oficina y cierra la puerta.)

Domínguez (se acerca a Rogelio): ¿Y usted qué me aconseja Rogelio? ¿Tomo el trabajo o no? ¿Cómo ve la situación?

Rogelio: No me pregunte a mí. Ya sabe que soy un indeciso en todo. No sé qué hacer con mi propia vida, mucho menos puedo aconsejar a los demás.

Domínguez (insistente): Al menos deme una opinión. Algo tendrá que decir al respecto. Además, no se haga el indeciso porque usted bien sabe que no lo es. Sobre todo en situaciones críticas, como en el caso de la muchacha del Farol Rojo.

Rogelio: El caso de Soledad era muy diferente. Había que ayudarle a toda costa, sin pensarlo mucho. Estaba al borde del suicidio, sola y desamparada. De suerte que pudo escapar.

Domínguez: Ya ve... Y yo, ¿qué hago? Por lo menos deme su opinión.

Rogelio: A mi modo de ver, la situación es la siguiente. Si usted no toma la dirección, el periódico se cierra y queda mucha gente desempleada. Además, el cierre se convertirá en otra victoria para los opresores de los derechos humanos. La Tribuna será relegada al olvido. Por otro lado, si usted toma la dirección y el periódico continúa funcionando, hay posibilidades de que nos bombardeen y de que perezcan más empleados, incluso usted mismo, pero mientras tanto La Tribuna seguirá en pie; como diría Lourdes: "Como un faro de luz, de esperanza, en medio de un mar tumultuoso."

Domínguez (alejándose de su escritorio para ir hacia la ventana): Muy poético, pero eso es todo. No es un panorama precisamente optimista.

Rogelio: Así es. Oscuro desde cualquier ángulo. Por eso mismo la decisión debe ser suya y sólo suya...

Domínguez: (de repente sobresaltado): ¡Son babosadas Rogelio, páseme el teléfono, ahora mismo arreglamos esto! (Marca y espera unos segundos.) ¿Moncada? Habla Domínguez. Ya decidí. Asumo el cargo... y sus consecuencias. (Domínguez se percata de que raras veces en su vida, acaso nunca, había experimentado esta repentina sensación de confianza en sí mismo. Rogelio le observa verdaderamente impresionado.) Pero quiero que me oiga bien Moncada. Esta vez las cosas se harán a mi manera, ¿me entiende?

Monseñor Romero: Y ahora sí les invito a que veamos desde esta Iglesia que trata de ser el Reino de Dios en la tierra y por lo tanto tiene que iluminar las realidades de nuestro alrededor.

Hemos vivido una semana tremendamente trágica.

No pude darles datos del sábado anterior, el 15 de marzo, pero se registró uno de los más fuertes y dolorosos operativos militares en las zonas campesinas. Los cantones afectados fueron La Laguna, Plan de Ocotes, El Rosario, resultando trágico saldo después del operativo. Muchísimos ranchos quemados, acciones de saqueo y lo que nunca falta, cadáveres. En la laguna mataron al matrimonio de Ernesto Navas, Audelia Mejía de Navas y a sus hijitos Martín e Hilda de 13 y 7 años y 11 campesinos más.

Tenemos sin nombres: en Plan de Ocotes, 4 campesinos y 2 niños, entre éstos, dos mujeres en El Rosario, 3 campesinos más. Esto fue el sábado.

El domingo, hace ocho días, en Arcatao fueron asesinados por cuatro miembros de ORDEN los campesinos Vicente Ayala, 24 años, su hijo Freddy y Marcelino Serrano. Ese mismo día en el cantón Calera de Jutiapa, fue asesinado el campesino Fernando Hernández Navarro cuando huía de un operativo militar.

El 17 de marzo fue un día tremendamente violento. Fue el lunes pasado. Estallaron varias bombas en la capital y en el interior del país. En la sede del Ministerio de Agricultura los daños fueron muy cuantiosos.

En la Universidad Nacional el campus fue cercado militarmente desde la madrugada y se mantuvo hasta las 7 de la noche. Durante todo el día se escucharon constantes ráfagas de ametralladoras en la zona universitaria. El Arzobispado intervino para proteger a las personas que se encontraban en su interior.

Dieciocho personas murieron en la Hacienda Colima, 15 por lo menos eran campesinos. Murieron también el administrador y el bodeguero de la hacienda. La Fuerza Armada afirma que fue un enfrentamiento. En la televisión se presentó el cuadro de los hechos y muchos analizaron cosas interesantes.

Por lo menos 50 personas murieron en los graves sucesos de este día. En la capital, siete personas en los incidentes de la Colonia Santa Lucía. A inmediaciones de Tecnillantas, cinco personas. En la sección de recolección de basura, después del desalojo de esa institución por la fuerza militar, se localizaron los cadáveres de cuatro obreros capturados en esa acción.

En el kilómetro 38 de la carretera a Suchitoto en el cantón Montepeque, murieron 16 campesinos. Ese mismo día fueron capturados en Tecnillantas dos estudiantes de la UCA, dos hermanos: Mario Nelson y Miguel Alberto Rodríguez Velado. El primero después de cuatro días de detención ilegal fue consignado a los tribunales, no así su hermano quien iba herido y aún guarda detención ilegal. El Socorro Jurídico interviene en su defensa.

Amnistía Internacional emitió un comunicado de prensa en el que se describió la represión de los campesinos, especialmente en la zona de Chalatenango.

La Semana confirma este informe a pesar de que el gobierno lo negó. Entrando en la Iglesia me entregaron un cable que dice: "Amnistía Internacional ratificó hoy —ayer— que en El Salvador se violan los derechos humanos a extremos que no se han dado en otros países. Así lo aseguró en entrevista de prensa en esta capital —en Managua— Patricio Fuentes, vocero del proyecto de acción especial para Centro América de la Sección de Amnistía en Suecia.

Fuentes aseguró que durante dos semanas de investigación que llevó a cabo en El Salvador, pudo comprobar la ocurrencia de 83 asesinatos políticos, entre el 10 y 14 de marzo. Señaló que Amnistía Internacional, recientemente condenó al gobierno de El Salvador, responsabilizándolo de 600 asesinatos políticos... El gobierno salvadoreño en su oportunidad se defendió de los cargos argumentando que Amnistía había condenado basándose en suposiciones. Ahora hemos comprobado que en El Salvador se violan los derechos humanos a un límite peor que la represión que se dio en Chile tras el golpe de Estado, dijo Fuentes... El gobierno salvadoreño también dijo que los 600 muertos eran producto de enfrentamientos armados entre tropas del ejército y guerrilleros. Fuentes dijo que durante su permanencia en El Salvador pudo ver que antes y después de los asesinatos, hubo torturas en contra de las víctimas.

El vocero de Amnistía dijo que los cadáveres de las víctimas, como característica, aparecen con los dedos pulgares amarrados a la espalda. También aplicaron a los cadáveres líquidos corrosivos para evitar la identificación de las víctimas por parte de los familiares para obstaculizar denuncias de tipo internacional, agregó. Sin embargo, los muertos han sido identificados después de una labor de exhumación de cadáveres. Fuentes dijo que la represión del ejército salvadoreño tiene por fin desmantelar la organización popular, mediante el asesinato de dirigentes tanto en la ciudad como en el campo.

Sala de redacción. A escasos minutos de que Domínguez había aceptado el cargo, la noticia se propagó por todas las oficinas del periódico. Fotógrafos, reporteros, tipógrafos, secretarias y motoristas abandonaron sus faenas para concentrarse en la sala de redacción.

Empleada: ¡Felicitaciones al nuevo director!

Empleado: ¡Buena suerte a nuestro líder!

Ramos (entra corriendo, exaltado, va hacia Domínguez y le abraza): ¡Ha salvado a La Tribuna del hundimiento total! Yo tenía fe en usted. Sabía muy bien que no se negaría.

Domínguez (rodeado por el grupo de personas): Me llena de contento esta avalancha de adhesión. Debo decirles que nunca creí tener tantos adeptos. Esto es para mí una revelación. De haberlo sabido antes no lo hubiera pensado dos veces.

Ramos (gritando): ¡Que viva Domínguez!

Todos (en coro): ¡Que viva!

Domínguez: Gracias. Me siento muy emocionado. No sigan porque ya se me humedecieron los ojos.

Ramos: No se preocupe jefe, prometemos cooperación incondicional, ¿verdad que sí, gentes?

Todos: ¡Sííí, prometemos!

Domínguez: Bueno, ya basta, y se los agradezco con toda mi alma. Ahora vamos a trabajar unidos y en forma organizada. Mi intención es que La Tribuna se mantenga como un periódico responsable ante la crisis del momento. Ese es nuestro máximo deber para nosotros mismos y, ante todo, para con nuestros lectores...

Moncada: ¡Así se habla!

Domínguez (caminando de un lado a otro): Antes que nada, vamos a dedicar la primera plana de la edición de mañana a nuestros colegas asesinados. Que traigan sus cadáveres, o lo que han encontrado de ellos. Les haremos una ofrenda póstuma en los corredores de la primera planta. Invitaremos a nuestro respetado amigo Monseñor Romero a oficiar el funeral. Y todo va a publicarse en La Tribuna. Porque el heroismo de nuestros difuntos hermanos de profesión debe ser recordado con gran respeto.

Moncada (a gritos): ¡Así se habla! ¡Así lo haremos!

Domínguez: ¡Que el funeral sea un acto muy digno!

Moncada: Sí, instalaremos potentes parlantes alrededor del edificio, para que todo el mundo oiga la voz de Monseñor Romero...

Ramos: Invitaremos a las organizaciones populares a que hagan acto de presencia. Que sus carteles y mantas denuncien el brutal asesinato del reportero y el fotógrafo.

Domínguez: ¡Adelante!

LA COORDINADORA REVOLUCIONARIA DE MASAS
CONVOCA HUELGA GENERAL. OPERACIONES MI-
LITARES EN HACIENDA COLIMA, SUCHITOTO, PLAN
DE OCOTES, EL ROSARIO, LA LAGUNA, ARCATAO, UNI-
VERSIDAD NACIONAL, SANTA TECLA, DEJAN MÁS DE
150 VÍCTIMAS. AMETRALLAN A EMPLEADO DEL
PERIÓDICO EL INDEPENDIENTE.

Últimamente, debido a la falta de empleados y a la popularidad que había alcanzado La Tribuna, trabajábamos horas extras casi todos los días. Esta noche, al salir del trabajo, sólo me quedaban energías para pasar a cenar en cualquier comedor e irme directo al pupilaje. Claro que, como de costumbre, visitaría a Lourdes. Acaso tuviera suerte y la encontrara aún despierta para que platicáramos un rato.

Entré al pupilaje por la puerta principal. Las luces estaban encendidas y en el centro del patio se reunían el contador, el mecánico y su mujer quien sostenía una criatura en los brazos. Simón, su esposa y los niños también estaban presentes.

"Rogelio," se adelantó el contador, "¿dónde estaba usted?"

"¿Cómo que dónde estaba? Trabajando. ¿Y dónde?"

"Yo creí que lo habían arrestado," dijo Simón sorprendido.

"¿De qué están hablando? ¿Qué pasa?"

"Hace poco vinieron unos hombres a catear el pupilaje. No dijeron a quién o qué buscaban. Volcaron muebles y todo por el suelo."

Mientras Simón hablaba me dirigí hacia mi cuarto.

"¡Rompieron mis pinturas!" fue mi reacción inmediata. Mi cuarto era un verdadero desastre. Cuadros rotos, pintura desparramada por el suelo. Sillas y mesas quebradas, pedazos de colchón regados por toda la pieza. El catre volcado.

"El cuarto de la señorita Lourdes está igual," se quejó la mujer de Simón.

"¡¿Y ella, dónde está?!" grité presa de un horroroso presentimiento, saliendo apresurado hacia la habitación de Lourdes, encontrándome con otro desorden al entrar. "¡¿Dónde está ella?!" grité, pero aquella gente no sabía cómo contestar mis desesperadas preguntas.

"Creo que no ha venido todavía," dijo por fin el contador. "Sé que ella acostumbra a estar en casa a esta hora. Pero quién sabe qué le pasó hoy."

"Han dejado la casa en ruinas," se quejó Simón acariciando a su hijo que no cesaba de llorar. "Vinieron a sembrar el pánico. Los pobres niños gritaban del miedo por las amenazas. Han quedado tan asustados que no se pueden dormir."

"Al menos no hicieron daño a nadie," dijo la mujer del mecánico. "En estos casos, lo mejor es callarse la boca, dejarlos hacer y deshacer a su antojo."

La esposa de Simón se limpiaba las lágrimas en silencio. Los niños lloraban aferrados a las faldas de la madre. Las caritas mostraban las huellas de un temprano temor que ya asediaba a su inocencia. Los pequeños ojos escudriñaban confusamente su alrededor.

"Mami, mami, tengo miedo, abrazame."

Trataba de pensar en algún lugar donde pudiera localizar a Lourdes pero no se me ocurría ninguno. Me dediqué a ordenar el cuarto con la esperanza de que llegara pronto. Cerca de la medianoche se oyó que abrían la puerta de la entrada principal y todos salimos a ver quién era. Simoncito regresaba de la Universidad. Nos alegramos mucho de verle sano y salvo. Regresé a mi pieza. Entre la ansiosa espera llegó la madrugada, pero no Lourdes.

Monseñor Romero: En el área rural según el vocero de Amnistía, por lo menos 3,500 campesinos huyen de sus hogares de origen, hacia la capital, para ponerse a salvo de la persecución. Tenemos listas completas en Londres y Suecia de niños, jóvenes y mujeres que han sido asesinados por el hecho de estar organizados, aseveró Fuentes. El informe dijo que Amnistía Internacional, que es una organización humanitaria, no se identifica ni con gobiernos, ni organizaciones, ni personas, no pretendemos botar al gobierno pero sí luchamos porque se respeten los derechos humanos en cualquier parte del mundo... pero en especial donde están más amenazados o atropellados, dijo Fuentes. Esto confirma, pues, lo que vamos narrando de esa semana espantosa.

Quisiera hacer, a propósito de este día 17 tan violento, un análisis de lo que fue tal vez la causa de esas violencias: el paro que convocó la Coordinadora Revolucionaria de Masas.

Su finalidad es una protesta contra la represión y el domingo pasado dije que la finalidad es legítima. Se trata de denunciar un hecho que no se puede tolerar. Pero el paro tenía también una intencionalidad política, la de demostrar que la represión en vez de intimidar a las organizaciones populares las estaba robusteciendo y la de rechazar la oposición del actual gobierno que necesita de la represión violenta para llevar a cabo sus reformas. Unas reformas que por diversos capítulos no son aceptables por parte de las organizaciones populares.

El estado de sitio y la desinformación a la que nos tienen sometidos, tanto los comunicados oficiales como la mayor parte de nuestros medios de comunicación, no permiten todavía medir con objetividad el alcance del paro nacional. Radios extranjeras han hablado de un 70% del paro, lo cual sería ciertamente una proporción altísima, que podría estimarse como un triunfo notable. Aun restando los establecimientos que cerraron por temor, tanto de las acciones de la izquierda como las que implementó la derecha y el gobierno en la madrugada del propio lunes, no puede negarse que la fuerza demostrada por la Coordinadora en el campo estrictamente laboral, fue grande. La Coordinadora no es sólo fuerte en el campo sino también en las fábricas y en la ciudad.

Es muy probable que se cometieran errores. Pero a pesar de todos esos fallos, puede estimarse que aquel paro fue un avance en la lucha popular y fue una demostración de que la izquierda puede paralizar la actividad económica del país... La respuesta del gobierno al paro, sí fue dura. No sólo el patrullaje por la ciudad y el tiroteo contra la Universidad de El Salvador así lo demuestran, sino sobre todo las muertes que ocasionaron. No menos de 10 obreros fueron muertos en las fábricas en paro por agentes de los cuerpos de seguridad, incluso tres trabajadores de la Alcaldía aparecieron asesinados después de haber sido detenidos por agentes de la Policía de Hacienda. Y esta es una denuncia clara de la misma Alcaldía capitalina...

Pero a estas muertes se unieron en el mismo día, otras, hasta llegar a un mínimo de 60 según algunos y otros dicen que sobrepasan las 140. Y es que el paro laboral fue acompañado en el campo de algunas actividades combativas por parte de algunas organizaciones populares. Tal es el caso de Colima, de San Martín y Suchitoto. Puede dudarse de la conveniencia táctica de estos operativos de las organizaciones, pero esta posible inconveniencia no justificaba la acción represiva del gobierno.

Ciertamente, la Coordinadora tiene sus fallas y aún le queda mucho para convertirse en una alternativa coherente de poder revolucionario democrático. Ojalá evaluaran y fueran perfeccionando una expresión que fuera verdaderamente del pueblo y que no en sus disparates, encontraran el repudio del mismo pueblo. Es una esperanza, una solución si maduran y llegan a ser de verdad comprensivos con el querer del pueblo.

Esos fallos, sin embargo, no están en que sean subversivos, o maleantes, o resentidos sociales, los fallos están en que no se les permite un desarrollo político normal. Son perseguidos, masacrados, dificultados en sus labores de organización, en sus intentos de ampliar sus relaciones con otros grupos democráticos. Así lo que se va a conseguir es su radicalización y su desesperación. Es difícil en estas circunstancias que no se lancen a actividades revolucionarias, a luchas combativas. Lo menos que se puede decir es que el país está viviendo una etapa prerrevolucionaria y de ningún modo una etapa de transición.

La siguiente mañana, sumamente preocupado por la ausencia de Lourdes, me dirigí a esperar el autobús rumbo al trabajo. La noche había sido de terrible incertidumbre, ansiedad y vigilia.

En la esquina opuesta, varias personas examinaban unos cuerpos que descubrieron en la basura y trataban de establecer su identidad. La curiosidad me hizo atravesar la calle. Se cubrían la nariz y con palos de escoba espantaban ratas escondidas entre los cuerpos en descomposición. Sentí un gran alivioa al comprobar que ninguno de los cadáveres se parecía en lo más mínimo a Lourdes. Regresé a unirme al grupo que esperaba el autobús. El incidente de la esquina opuesta continuaba siendo el tema de conversación entre varias personas. Otros hablaban de lo caro que estaba todo y lo fácil que era amanecer muerto en medio de la calle.

Un destartalado autobús se detuvo y lo abordamos. A pesar de que ya venía repleto, curiosamente, todos cupimos.

Aprisionado entre cuerpos sudorosos, pensaba en Lourdes y en lo mucho que mi vida había cambiado en los últimos cinco meses. La sobrevivencia se volvió menos complicada aun entre la violencia y el terrorismo. Tenía empleo y había liquidado todas mis deudas. Desaparecieron mis úlceras y podía darme el lujo de comer por lo menos dos veces al día. Contaba con un amigo y un protector, Domínguez, quien abrió mis ojos hacia la vida y la cruda realidad del país. El trabajo en La Tribuna aceleró tal comprensión. Lourdes, mi primer amor verdadero, abrió mi corazón hacia la tierra, la poesía y las causas populares. En resumen, los últimos cinco meses habían sido una de las etapas más importantes de mi vida. Y todo transcurrió tan rápido. De pie, a mi derecha, viajaba un hombre de camisa blanca y lentes oscuros cargando un manojo de libros. El bus llegó a mi destino. Al abrirme paso para bajar sentí que me registraban los bolsillos del pantalón. Volví la vista y el hombre de lentes oscuros sonrió amigablemente. Ya en la calle, revisé mis bolsillos y comprobé con satisfacción la presencia de mi cartera, pero me sorprendió hallar una nota. Reconocí al instante la letra de Lourdes. "Te espero en el mercado Central. 1 p.m. Entrada opuesta al Calvario."

Esa fue para mí la más larga de todas las mañanas. Finalmente, el reloj marcó las 12.30 y salí presuroso de la oficina con destino al mercado.

El calor del mediodía era candente como de costumbre. Los alrededores del mercado estaban atestados de vendedoras ambulantes quienes, además de ofrecer su mercadería, se cuidaban de no ser sorprendidas por la Policía Municipal y de no ser atropelladas por camiones, carros y autobuses.

En el interior del mercado se cruzaban interminables y angostos pasillos semioscuros poblados de múltiples tiendas saturadas de mercancías, olores, voces, colores, música y gritos. Caminé entre vendedoras, niños y hombres que cargaban canastos, bolsas y sacos moviéndose activamente en todas direcciones. La mezcla de diferentes y constantes ruidos formaba un sordo zumbido. Me invadió la extraña sensación como de encontrarme en el interior de un inmenso panal de abejas.

Me detuve a tomar un refresco en El Rinconcito, negocio pequeño incrustado entre una venta de zapatos y otra de ropa, atendido por una mujer que se ocupaba en lavar huacales de morro en una olla de aluminio al tiempo que, con voz destemplada y chillona, hacía coro a la apasionada canción de la

radio. De las oscuras paredes de la refresquería colgaban calendarios con paisajes extranjeros que rodeaban a una desco-
lorida reproducción de San Judas enmarcada bajo un vidrio
roto, ahumado y plagado de telarañas. Próximo al santo
pendía un escapulario negro como insecto de larguísimas ante-
nas.

"¿De qué le doy?" preguntó la mujer con la voz chillona
que al instante me sacó de mis observaciones. "Tengo de
orchata, tamarindo, ensalada, granadilla, cebada..."

"Orchata por favor."

La mujer tomó un cucharón y revolvió ágilmente el
refresco mientras unía su voz a la de Camilo Sexto.

"Que no me falte tu cuerpo jamás, jamás, ni el calor de tu
forma de amar, jamás... "

"Esa canción me cae en el mero mero," dijo con una sonrisa que dejó al descubierto una dentadura oscura y accidenta-
da. "¿Orchata me dijo?"

"Sí, por favor."

"Aquí tiene, está bien heladita," afirmó extendiendo hacia
mí el huacal casi rebalsando.

Saboreaba la orchata y examinaba los alrededores cuando, de pronto, vi que el sujeto de lentes oscuros y camisa blanca se acercó y, con un leve movimiento de cabeza acompañado
de la amigable sonrisa, indicó que lo siguiera. Dejé el huacal
sobre el mostrador y me uní al tumulto de bultos y gente.
Alguien me tocó en el hombro y dijo "hola". Volví la mirada
hacia la voz y mis ojos se encontraron con una cara de mujer
de cabello corto, color café, y lentes oscuros tan grandes que
casi le cubrían la cara por completo.

"Hola, soy yo."

"Ah, hola, ¿Lourdes?"

"Si, soy yo, ¿ya no te acordás de mí? Púchica, que luego
me olvidaste."

"No te reconocía," dije tomándole la mano, aguantándome
el impulso de estrecharla y besarla. "Lucís tan diferente. Es
decir, irreconocible."

"Me he puesto peluca," dijo rodeándome la cintura con sus delicados brazos, caminando a la par mía como si paseáramos por el parque Venustiano Carranza como lo habíamos hecho en tantas ocasiones. "He estado muy preocupado por vos desde anoche que llegué al pupilaje y me encontré con que lo habían cateado y vos no aparecías."

"Me buscaban a mí," afirmó sin exaltarse. "Han señalado a varios. Ya han desaparecido tres maestros. Hay 'orejas' entre nosotros. Mis contactos me previnieron. Si me pescan soy muerta. He sido forzada a pasar a la clandestinidad. Es muy posible que ésta sea la última vez que nos vemos."

"Ahora entiendo la intensidad con que me hablabas," dije acariciando su sedoso cuello.

El hombre de camisa blanca se cruzó frente a nosotros.

"Tengo que irme," dijo Lourdes con toda calma, abriendo una de mis manos con sus suaves manos, para depositar ahí un rollo de papeles. "Son mis últimos poemas."

"¿Cuándo te puedo ver?" susurré, deteniéndola de pronto y estrechándola tiernamente; deseando que aquel instante durara una eternidad.

"No sé," dijo sin alterar su pasivo y fresco semblante. "Realmente, no sé."

"Esperate," dije temiendo perderla. "Esperate, no te vayás todavía."

Tomé su cabeza entre mis manos y besé delicadamente su frente sudorosa.

"¡El pueblo vencerá!" dijo, y las palabras salieron como un grito sordo que se enredó en su garganta.

Lourdes se marchó detrás del hombre de camisa blanca y ambos se escurrieron en el laberinto de pasillos colmados de gente.

En las afueras del mercado el calor no había disminuido. Yo caminaba ahora murmurando el nombre que ocupaba mi mente por completo. Lourdes. Alegre y delicada, determinada y rebelde. Sonrisa, belleza, inteligencia y valor aglutinados en una sola persona. Lourdes. Con quien compartí alegrías, penas y aventuras inolvidables; ser maravilloso que abrió hacia mí su cristalino mundo generoso. Muchacha entregada de alma y corazón a la humanidad, que me predicó la palabra solidaria con el pueblo durante largas noches de vigilia, visión, amor, arte, poesía. Que me amó con tanta fuerza y fervor, como si en mí concentrara su amor por la humanidad entera.

Ahora me pregunto si merecí la mirada tierna de sus grandes y bellos ojos negros; la frescura de su sonrisa franca e infantil. Posiblemente mi propia independencia, o egoísmo, no me permitió amarla con todo el humanismo y la intensidad con que me quiso ella.

Me detuve en una esquina y extendí uno de los papeles húmedos que aún acarreaba su perfume.

"Nuestro amor

es la envidia del tiempo

y del espacio.

La realidad erige sólidas murallas

de dolor y sangre

para aislar y anular

este amor con que te quiero tanto.

Pero este ardiente y profundo amor

no muere,

porque ahora es una humilde ofrenda

a nuestro lacerado pueblo."

Lourdes.

Monseñor Romero: La cuestión fundamental es cómo salir por el camino menos violento de esta etapa crítica. Y en este punto, la responsabilidad mayor es la de los gobernantes civiles y, sobre todo, militares. Ojalá no se dejen cegar por lo que están haciendo de reforma agraria. Puede ser un engaño que les impida ver la totalidad del problema.

El martes —vamos siguiendo una semana cargada de hechos que no se pueden dejar de mencionar. En los recortes que traía del Papa, el Papa también recoge el número de víctimas que ha habido en Italia y en Roma, sobre todo en esos días. Quiere decir, pues, que si el Papa estuviera en mi lugar no señalaría sólo a los diez crueles asesinatos en Italia sino que se tardaría como nos estamos tardando aquí nosotros, en recoger día a día numerosos y numerosos asesinatos.

El 18 de marzo los cadáveres de cuatro campesinos fueron localizados en distintas zonas, dos en Metapán, dos en San Miguel.

Miércoles 19 de marzo, a las 5:30 de la mañana, después de un operativo militar en los cantones de San Luis La Loma, La Cayetana, León de Piedra, La India, Paz, Opico, El Mono, se localizaron los cadáveres de tres campesinos: Humberto Urbino, Oswaldo Hernández y Francisco García.

En la capital, a las 2 de tarde, los locales de los Sindicatos de Bebidas y de la Federación Sindical revolucionaria fueron ocupados militarmente cuando muchos obreros velaban el cadáver de Manuel Pacín, obrero asesor de los trabajadores municipales, cuyo cadáver fue localizado en Apulo, después de haber sido capturado. En esta ocupación resultaron muertas dos personas, entre ellas el obrero Mauricio Barrera, dirigente del Sindicato de Industrias Mecánicas y Metálicas. Diecinueve obreros fueron consignados a los tribunales. A petición de sus familiares, Socorro Jurídico interviene en este caso. Se ha afirmado que los archivos de los sindicatos fueron decomisados.

En la prensa nacional, se reportó la muerte de nueve campesinos en un enfrentamiento, según la Fuerza Armada, en la población de San Bartolo Tecoluca. A las 12 horas, soldados del ejército en la población de El Almendral, jurisdicción de Majagual, La Libertad, capturaron a los campesinos Miguel Ángel Gómez de Paz, Concepción Coralia Menjívar, y José Emilio Valencia sin haber sido puestos en libertad. Pedimos que se consignen a los tribunales.

El jueves 20 de marzo, a las 4 de la tarde, en el Cantón El Jocote, Quezaltepeque, fueron asesinados el dirigente campesino Alfonso Muñoz Pacheco, Secretario de Conflictos de la Federación de Trabajadores del Campo. El campesino Muñoz era ampliamente conocido en el campo por su dedicación a la causa de los campesinos.

Y algo muy horroroso, muy importante, este mismo día jueves 20 fue localizado aún con vida el campesino Agustín Sánchez, quien había sido capturado el 15 por soldados en Zacatecoluca que lo entregaron a la Policía de Hacienda. Ha afirmado el campesino Sánchez, en una declaración ante notario y testigos, que su captura sucedió en la hacienda el Cauca, departamento de La Paz, cuando trabajaba en la filiación de la Unión Comunal Salvadoreña. Lo mantuvieron durante 4 días torturándolo sin comida ni agua, con azotes constantes, asfixias, hasta que el día 19 de marzo, junto con otros dos compañeros, le dieron balazos en la cabeza, con la suerte de que este balazo sólo le destrozó el pómulo derecho y el ojo. Moribundo en la madrugada, unos campesinos le dieron ayuda hasta que una persona de confianza lo trasladó a esta capital. Este horrendo testimonio, no lo pudo firmar el campesino porque tenía desechas las manos. Personas de reconocida honorabilidad presenciaron este horrible cuadro y hay documentos fotográficos que revelan el estado en que recogieron a este pobre campesino.

Tenemos informe, aún no confirmado, de la muerte masiva de 25 campesinos, en San Pablo Tacachico. A última hora, al comenzar la misa, llega la confirmación de esta terrible tragedia. Dice que el viernes 21 de los corrientes, desde las 6 de la mañana se efectuó un operativo militar en la calle de Santa Ana que conduce a San Pablo Tacachico. Dicho operativo fue llevado a cabo por los soldados de los cuarteles de Opico y Santa Ana en combinación con la Policía de Hacienda, destacada en Tacachico, los cuales andaban llevando, incluso, el nombre de las personas que tienen en la lista de los señalados. En dicho operativo llevaron a cabo cateos en los cantones El Resbaladero, San Felipe, Moncagua, El Portillo, San José La Cova, Mogotes y sus respectivas colonias Los Pozos y Las Delicias. Así mismo registraban también a todos los que se conducían en bus o caminaban a pie.

En el cantón Mogotes, jurisdicción de Tacachico, la represión fue más cruel, pues las tropas de soldados con dos tanquetas sembraron el terror entre los habitantes de este sector. En el cateo que realizaron, se robaron cuatro radios y 400.00 colones en efectivo, quemaron la casa y todas las pertenencias de Rosalío Cruz a quien junto con su familia los han dejado en la peor miseria. Asesinaron a Alejandro Mojica y Félix Santos. Al primero en su casa de habitación y al segundo en una quebrada seca. Ambos dejaron esposas e hijos en la orfandad. Por temor a la represión fueron enterrados en sus respectivos solares, se llevaron también con rumbo desconocido a Isabel Cruz, a Manuel Santos y a Santos Urquilla.

Dato final, con el cual queremos expresar una solidaridad especial. Ayer por la tarde, la UCA, Universidad Centroamericana, fue atacada por primera vez y sin ninguna provocación.

Un buen equipo bélico tomó este operativo a las 11:15 de la tarde con la Policía Nacional, ingresaron al campus disparando, y un estudiante que se encontraba estudiando matemáticas, Manuel Orantes Guillén, fue asesinado. Me dicen también que han desaparecido varios estudiantes y que sus familiares y la UCA protestan por el allanamiento de un campo que debe de hacerse respetar en su autonomía. Lo que no han hecho en la Universidad Nacional, sin duda por temor, lo han hecho en la UCA, con lo cual la UCA muestra también que no está armada para defenderse y que ha sido un atropello sin ningún motivo. Esperamos dar más detalles de esto que es una falta grave contra la civilización y la legalidad en nuestro país.

Queridos hermanos, sería interesante ahora hacer un análisis pero no quiero abusar de su tiempo, de lo que han significado estos meses de un nuevo gobierno que precisamente quería sacarnos de estos ambientes horrorosos. Y si lo que se pretende es decapitar la organización del pueblo y estorbar el proceso que el pueblo quiere, no puede progresar otro proceso. Sin las raíces en el pueblo ningún gobierno puede tener eficacia, mucho menos cuando quiere implantarlos a fuerza de sangre y de dolor.

Yo quisiera hacer un llamamiento de manera especial a los hombres del ejército y en concreto a las bases de la Guardia Nacional, de la Policía, de los cuarteles.

Hermanos, son de nuestro mismo pueblo, matan a sus mismos hermanos campesinos y ante una orden de matar que dé un hombre, debe de prevalecer la ley de Dios que dice: NO MATAR. Ningún soldado está obligado a obedecer una orden contra la ley de Dios. Una ley inmoral, nadie tiene que cumplirla. Ya es tiempo de que recuperen su conciencia y que obedezcan antes a su conciencia que a la orden del pecado. La Iglesia, defensora de los derechos de Dios, de la ley de Dios, de la dignidad humana, de la persona, no puede quedarse callada ante tanta abominación. Queremos que el gobierno tome en serio que de nada sirven las reformas si van teñidas de tanta sangre. En nombre de Dios, pues, y en nombre de este sufrido pueblo cuyos lamentos suben hasta el cielo cada día más tumultuosos, les suplico, les ruego, les ordeno en nombre de Dios ¡Cese la represión...!

ASESINAN A MONSEÑOR ROMERO.

Sala de redacción. El fotógrafo empuja la puerta de la oficina y empieza a gritar desesperadamente.

Ramos: ¡Mataron a Monseñor Romero! ¡Mataron a Monseñor Romero!

(Varios empleados oyen los gritos del fotógrafo y entran a la carrera, haciendo toda clase de preguntas, incrédulos. Ramos continúa gritando y corriendo de oficina en oficina. Los teléfonos suenan con insistencia. Domínguez no parece confiar en los gritos. Contesta el teléfono. Escucha con suma atención. Al cabo de unos minutos lo avienta y se deja caer en el asiento. Permanece inmóvil, cabizbajo, sin mover siquiera un músculo del agobiado cuerpo que parece haber quedado abandonado sobre la silla en una esquina semioscura. Rogelio está como hipnotizado, con la mirada perdida en los vidrios de la ventana. Moncada entra perturbado como todo el mundo, pero se esfuerza por mantener cierta compostura. Otros empleados entran y salen, negándose a dar crédito a la noticia que ahora no sólo venía de la boca del fotógrafo, pues la auntenticidad del hecho había sido comprobada a través de las llamadas telefónicas que aún no cesaban de llegar al periódico.)

Moncada (acercándose a Domínguez): Yo sugiero que, como director, debería usted de escribir algo...

(Tampoco el administrador puede contener la emoción. Se le quiebra la voz. Los ojos se le humedecen. Da unos pasos indecisos y sale de la oficina. La sala de redacción queda en silencio. Moncada regresa minutos después.)

Moncada: Pues sí, Domínguez...

(El director no se ha movido; aún se encuentra con la vista pegada al piso sucio de la oficina.)

Moncada: Una ofrenda póstuma...

Domínguez (sin levantar la mirada): Mire Moncada, déjeme tranquilo, usted y la misma Tribuna pueden irse al carajo... Nada arreglo yo con escribir el mejor artículo de mi vida... Ya es demasiado tarde... Todo está perdido... Esto es un infierno...

Moncada (dirigiéndose a Rogelio): Comprendo muy bien esos sentimientos. Así mismo nos sentimos la mayoría de los salvadoreños.

Rogelio (recobrando un tanto la serenidad): Es un hecho abominable.

Moncada: Usted Villaverde, como asistente del director, es la persona indicada. Ya usted tiene la suficiente experiencia en esto.

Rogelio: No la necesaria como para escribir editoriales, y mucho menos para un caso tan... tan serio, de semejante trascendencia...

Moncada: Yo sé muy bien que usted tiene la capacidad para hacerlo.

Rogelio: Ya que tanto insiste, haré lo mejor que pueda.

Moncada: Muy bien, ya le mando los datos necesarios. Tenemos un extenso archivo sobre la vida y obra de Monseñor. Redáctelo hoy mismo y lo publicaremos mañana.

(Moncada se marcha y Rogelio comienza a revolver papeles en busca de informes recientes.)

Rogelio (hablando en voz alta consigo mismo): Dudo que yo pueda escribir un editorial a la medida y relevancia del caso...

Domínguez (saliendo finalmente del estupor): Váyase a su casa Rogelio, no se preocupe. Yo lo escribiré, aunque para eso tenga que desvelarme toda la noche. Ándele que ya es tarde.

Rogelio (antes de partir se acerca a Domínguez y, con cierta ternura, pasa una mano sobre sus hombros): Nos vemos mañana.

(Sale y cierra la puerta. Domínguez queda nuevamente estático sobre su asiento, sujetándose la cabeza con las manos, los codos sobre el escritorio, como si estudiara las extrañas formas en que se disuelve la tinta cuando sus lágrimas caen al papel.)

Se apoderó de mí un frío interior, un helamiento en el alma, que me hizo sentirme extrañamente solo, débil, desamparado.

En la parada de buses se escuchaban comentarios tremebundos, de destrucción y muerte. La ciudad se tornó sombría de repente. Se avecinaba una tormenta. Nubes gigantescas y oscuras se retorcían en el cielo como si fueran a desplomarse sobre San Salvador. Los intermitentes rayos salpicaban el cielo gris como rajaduras de plata. El viento formaba remolinos que en raudos espirales arrastraban desperdicios por la calle, estrellándolos contra paredes manchadas con frases siniestras color de sangre. Por un momento la ciudad fue presa de un silencio letal, un suspenso tal vez igual al que invadió a la tierra minutos antes del Diluvio Universal.

La camioneta llegó en el preciso instante en que se oyeron fuertes explosiones en la vecindad. Los pasajeros desocuparon el vehículo y emprendieron carrera hacia tiendas y almacenes en busca de refugio. Nuevas explosiones estremecieron el vecindario. La gente gritaba que la guerra civil había finalmente estallado. Los niños lloraban escondiéndose bajo las faldas de las mujeres que se aferraban a sus carteras, bolsas y canastos.

"¡Esto es el fin del mundo!" exclamó una mujer al tiempo que se persignaba. "¡Dios no permitirá que el asesinato de Monseñor Romero no sea castigado!"

Una anciana rezaba el Avemaría en voz alta, arrodillándose para besar el piso mugroso de la farmacia en que nos habíamos refugiado. Varios jóvenes trataban en vano de apaciguar a las mujeres que lloraban y, en su desesperación, abandonaban canastos con frutas en medio de la calle. Las explosiones y disparos parecían originarse en la misma cuadra en que estaba situada la farmacia que nos protegía.

"¡Los guerrilleros están tomando la ciudad!" gritó el dueño del negocio. Pidió que le ayudáramos a cerrar puertas y ventanas, luego apagó las luces.

Nos tiramos al suelo y aguardamos en completo silencio. Unos rezaban en susurros. Otros gemían y suspiraban.

Boca abajo sobre el piso lodoso pensaba en Lourdes, en Domínguez, en Ignacio, en Monseñor Romero, en El Salvador, en los que estábamos tendidos sobre el suelo. Todos parecíamos compartir el mismo oscuro destino.

Media hora después cesaron las explosiones. El dueño entreabrió una ventana, luego otra y por último la puerta. En la calle, el ambiente parecía haberse normalizado. La tormenta se disipó. El motorista corrió hacia el autobús y todos le seguimos. En un par de minutos ocupamos por completo el vehículo, el cual se puso en marcha corriendo a toda velocidad sin obedecer a los semáforos ni detenerse en las paradas.

Una anciana perdió el conocimiento y se desplomó en el piso. La recogimos para acomodarla en un asiento que amablemente cedió una mujer que portaba un canasto con pan dulce. La abanicábamos con periódicos, pero el escaso aire difícilmente circulaba entre la acumulación extrema de pasajeros. La mujer no recobraba el conocimiento.

La camioneta recorría el barrio San Jacinto. Decidí bajarme cerca del cine Capitol y pasar por casa del hermano de Ignacio.

"Hola Rogelio," dijo sorprendido. "Tanto tiempo sin verle. Entre rápido y cerremos la puerta antes de que nos coja una bala perdida."

Cenamos con la radio a todo volumen para oír las últimas noticias sobre la muerte de Monseñor Romero. Fue desalentador escuchar que, por decreto de la Junta de Gobierno, estaba prohibido informar sobre el asesinato. Transmitían música de moda y los anuncios comerciales de costumbre.

"Como si la tenebrosa situación en que nos encontramos fuera insignificante," comentó el hermano de Ignacio, "y la hediondez a muerto de la ciudad fuera incidente menospreciable."

"Su propósito es mantenernos completamente aislados de la realidad. Una mañana de éstas alguien despertará y, al salir a la calle, se encontrará con que es el único sobreviviente, en una ciudad fantasma poblada de cenizas, esqueletos y zopilotes."

En la lejanía se ahogaban ecos de explosiones y disparos. Terminamos la cena y me interné en el taller de Ignacio.

La pintura "El enemigo del pueblo" estaba en el centro rodeada de otras composiciones no menos violentas. Se me ocurrió revolver las cosas, buscar un lienzo vacío, pinceles, pintura. Sentía, más que inspiración, urgencia de pintar, plasmar con forma y color las confusas ideas arremolinadas en mi cerebro.

Monté el lienzo vacío sobre un bastidor. Busqué un caballete. Desparramé colores en un pedazo de madera. Los pinceles se movían entre mis dedos nerviosos. Comencé a manchar el lienzo, inseguro de lo que pintaría.

Horas más tarde el lienzo mostraba un personaje revestido de blanco con las manos posadas sobre cabezas de niños harapientos, mujeres afligidas, hombres heridos. La muchedumbre se amontonaba confusamente alrededor de la figura blanca que permanecía de pie, incansable, impartiendo, con benevolente sonrisa, un mensaje de paz y de esperanza. Pensé titular el cuadro "El guardián de la esperanza".

Era ya de madrugada y me sentía completamente agotado. Puse a un lado los pinceles, apagué la luz y me recosté sobre un canapé. Las imágenes de la muchedumbre rodeando a Monseñor Romero se fueron desvaneciendo. La benevolente sonrisa del prelado se convirtió en la suave almohada de mi sueño.

A la mañana siguiente desperté con los golpes que daba en la puerta el hermano de Ignacio anunciando que el desayuno estaba servido. Me levanté de un salto. La sonrisa de Monseñor, aún engomada a mi pensamiento, me recordó el cuadro de anoche. Encendí la luz para apreciarlo. Ahí estaba la pintura. Edificios, casas y tugurios destruidos. Volcanes de cadáveres rodeaban a un hombre de túnica blanca, tendido también en la calle, junto a un crucifijo dorado, su cuerpo lacerado goteando sangre. No recuerdo haber pintado este cuadro. Seguramente el otro, el que pensaba titular "El guardián de la esperanza", sólo fue un sueño.

"Qué cuadro tan triste," dijo el hermano de Ignacio. "Me pregunto quién habrá matado a Monseñor. Si la bala del asesino, o su propia valentía para defender a los oprimidos."

"Nadie puede quitarle la vida a quien ya la ha entregado a su prójimo," dije saliendo del taller. "Porque esa entrega nace del amor a la humanidad. Y ese amor nunca muere."

EDITORIAL

De un balazo fue asesinado Monseñor Oscar Arnulfo
Romero y Galdámez, el lunes 24 de marzo de 1980, cuando a
las 6:30 de la tarde oficiaba misa fúnebre en la capilla de la
Divina Providencia de San Salvador.
Según declaraciones recogidas en la sala de emergencia
de la Policlínica Salvadoreña donde el arzobispo fue conducido, sonó un disparo en el preciso momento en que Monseñor
Romero concluía la homilía y se preparaba a la consagración
del pan y del vino. El prelado se desplomó a los pies de un crucifijo. Al sonar otros disparos en la calle los presentes en el
acto religioso trataron de ponerse a salvo. Aseguran haber
visto huir a cuatro hombres y escapar a otro en un automóvil
color rojo marca "Volkswagen".
En la sala y en los corredores de la Policlínica había gran
afluencia de religiosas, sacerdotes, personas particulares y
familiares tratando de ver al arzobispo, cuyo cuerpo yacía
exánime, aún con sus vestiduras sacerdotales, presentando un
pequeño orificio de bala exactamente al lado del corazón.
Se comentaba que es el primer caso en Centroamérica en
que un alto dignatario de la Iglesia Católica es asesinado en
una ceremonia religiosa.

Monseñor Romero nació en Ciudad Barrios, en el departamento de San Miguel, a las 3 a.m. del 15 de agosto de 1917. Sus padres fueron Santos Romero y Guadalupe de Jesús Galdámez. Sus estudios sacerdotales se realizaron en el colegio Pío Latinoamericano de Roma, ciudad en que el 2 de abril de 1942 se ordenó como Sacerdote. Durante varios años ejerció la Secretaría de la Cámara de Gobierno Eclesiástico de la Diócesis de San Miguel. Encargado de las iglesias San Francisco y El Rosario, pasó a Rector de la Catedral Metropolitana, sirviendo después en Santiago de María como Obispo de esta ciudad. Fue electo Arzobispo de San Salvador el 20 de febrero de 1977.

El ejercicio de sus funciones como arzobispo fue difícil aun desde el principio. Menos de un mes después de haber tomado posesión del cargo, tuvo que afrontar con entereza la triste y violenta muerte de un clérigo —Padre Rutilio Grande asesinado el 12 de marzo de 1977, en la Toma de Aguilares, en que también perecieron un niño y un anciano que le acompañaban. En un período de tres años el número de clérigos asesinados creció a siete. El nombre de Monseñor Romero se suma ahora a la tétrica lista.

Ante los acontecimientos y exigencias de su tiempo, Monseñor Romero se convirtió en la voz del pueblo oprimido, en aglutinador social, político y cristiano, y en símbolo revolucionario, ya que impulsó profundos cambios sociales.

Su constante y decidida palabra en defensa de los derechos humanos fue reconocida internacionalmente. En Europa se le adjudicaron tres premios de la paz. La Universidad de Lovaina en Bélgica y la Universidad Georgetown en los Estados Unidos le nombraron Doctor "Honoris Causa". En 1979, Monseñor Romero fue nominado para el "Premio Nobel de la Paz" por miembros del Parlamento Británico y del Congreso Norteamericano.

Varios sectores de la sociedad salvadoreña tenían fe en que la luz pastoral de Monseñor Romero alumbraría la mejor alternativa, pacífica y coherente, que diera la solución a la cri-

sis político-social de nuestro país. Su incansable voz denunció
los errores y violencia de los frentes militares y oligárquicos,
demostrándoles que tenían la obligación de buscar un proceso
de cambio basado en la cooperación pacífica y el entendimien-
to. Ante la negligencia del régimen imperante por establecer
reformas realistas en beneficio de las clases pobres, reconoció
finalmente el derecho legítimo del pueblo a organizarse y, de
ser necesario, recurrir a la lucha revolucionaria para liberarse
de la represión.

El cadáver del arzobispo fue conducido a la Basílica
Nacional, donde será mantenido en capilla ardiente. La Curia
Metropolitana ha decretado tres días de Duelo Nacional, que
también serán observados por todos los colegios católicos.

La Junta de Gobierno asimismo decretó tres días de
Duelo Nacional. Dijeron sus miembros que esperaban que la
muerte del prelado no causara más violencia en nuestro país,
ya que Monseñor Romero abogaba porque reinara la paz entre
todo el pueblo salvadoreño.

La Tribuna, al consignar este diabólico hecho que ha con-
movido a todo el pueblo salvadoreño, condena tan vil asesinato
y tiene fe en que las investigaciones al respecto esclarecerán
los móviles y personajes consumadores del crimen. Monseñor
Romero, el Pastor principal de la fe católica salvadoreña,
murió en el desempeño de su misión cristiana y su asesinato
es un ultraje a los más sagrados principios de la humanidad.
Pone en tela de juicio los valores morales de nuestra sociedad.
Es un sacrilegio que nos hace concluir que a este pueblo se le
ha negado, en forma demagógica, el más mínimo adelanto en
el desarrollo humano. Se le ha hecho regresar al estado más
primitivo de la especie.

Todo aquel que recurre a atacar con métodos violentos y
actos sacrílegos a los representantes espirituales de nuestra
sociedad, no demuestra otra intención que la de institu-
cionalizar una hegemonía cruel y sangrienta que destruirá
todo vestigio de esperanza para la existencia digna de nuestra
ciudadanía.

Recuerde todo aquel que haya participado en perpetrar
este execrable acto, quienquiera que sea, que sus planes
nunca podrán materializarse. NUNCA. Porque este pueblo
tan sufrido no lo permitirá. Porque aún existen hombres
valientes dispuestos a continuar con la lucha por la causa del
pueblo oprimido. Porque si los asesinos consiguen sus propósi-
tos, significaría la destrucción total, la muerte de los hombres
de buena voluntad, el fin de la esperanza democrática del
mundo.

Pero, por más terror que siembren los que abogan por la
violencia, nuestro mundo no está perdido, ni se encuentra al
borde de la destrucción, aunque así parezca, porque nuestra
humanidad esconde y preserva celosamente una esencia
invaluable de amor y de esperanza que la salvará del caos
total. Porque detrás de cada déspota marcha valiente un Monseñor Romero. Porque a la dulzura del mundo no la destruirá
ni el más cruel asesino. Porque estas bestias del terror sucum-
ben en su propio veneno. Y el mundo sigue su marcada
rotación en el humanismo que lo sostiene. Esa es nuestra
esperanza. La sagrada esperanza de la humanidad.

Monseñor Romero ha sido asesinado. Increíble pero cierto.
Pero sépase clara y perfectamente bien que su palabra no ha
sucumbido. Su voz ha quedado para siempre grabada en el
corazón de los salvadoreños, y hará eco eterno en nuestra tierra poblada de cruces, lágrimas y sangre de niños inocentes.

Han matado al hombre pero no a su espíritu porque la luz
de sus ideales es infinita. Porque aún desde la tumba nos
hablará incansablemente de Dios, de lucha, de esperanza, de
amor.

La Tribuna.

LOS RESTOS DE MONSEÑOR ROMERO SON TRASLADA-
DOS A LA CATEDRAL EN PROCESIÓN DE 5,000 PER-
SONAS. ANUNCIAN FUNERALES PARA EL DOMINGO DE
RAMOS.

Esta mañana todo el mundo despertó temprano. Simón y familia se adelantaron a usar la letrina y el baño, lavadero y cocina. Tenían prisa por salir hacia la Catedral para asegurarse un buen puesto en la plaza Gerardo Barrios, y presenciar desde ahí los funerales de Monseñor Romero. "Apurate Simón," presionaba la esposa. "Hay que salir cuanto antes porque hay que caminar hasta el centro. Hoy no van a pasar los buses."

"Rogelio, ¿viene con nosotros?" preguntaron antes de salir.

"Gracias don Simón, pero no estoy listo todavía. A lo mejor nos vemos en el centro."

La familia entera salió a la calle vistiendo sus mejores ropas. Los niños aseados, cabello lustroso y peinado. Ella vestida de luto. Simón calzando los zapatos negros que había estado lustrando desde que supo de la muerte de Monseñor Romero. Bolaños y su mujer cargando el niño en los brazos, seguidos del contador y otros inquilinos, también se prepararon a partir.

"Rogelio," me llamó Bolaños antes de salir, "a ver si después del funeral nos atravesamos unos tragos."

"Callate," le interrumpió su mujer. "Vos sólo en chupar pensás."

"No es sólo por tomar," argumentó, "es también en memoria de Monseñor, ¿verdad Rogelio?"

"Hablamos cuando estemos de vuelta," dije acompañándoles hasta la puerta. "Que les vaya bien."

De regreso a mi cuarto pasé por el que antes ocupara Lourdes y, sin pensarlo, llamé a la puerta. Sólo segundos después, cuando nadie respondió, reparé en su ausencia. Todo era silencio en el pupilaje; tranquilidad y soledad. Recorrí el corredor frente a las habitaciones y por mi mente empezaron a desfilar fragmentos del pasado. Tiempos no del todo felices pero en los que la voz de Lourdes opacaba a los espacios de infelicidad. Ahora todo había enmudecido. De ella sólo me quedaban poemas. Su voz y sonrisa existían nada más en mi memoria.

Entré en mi cuarto luchando con los recuerdos. Ellos vencieron obligándome a buscar el manojo de poemas que Lourdes me entregó la última vez que tuve la suerte de verla. Al leerlos sentí que su voz apaciguaba mi ansiedad.

Esta mañana, inexplicablemente, me costó gran trabajo comenzar el día. No encontraba la camisa blanca que aparté para esta fecha tan importante. Deambulaba por la pieza con cierta modorra. Serían las 9.30 cuando finalmente abandoné el pupilaje.

En la calle, la gente caminaba en pequeños grupos, apresurada por llegar a la Catedral antes de que empezaran los funerales. La mañana estaba asoleada y el día vestía también su mejor camisa color azul. El cielo parecía presagiar un día magnífico. Sin embargo, la claridad misma causaba en mí cierta desconfianza. Acaso porque la semana que terminaba transcurrió con una turbulencia mayor que la usual. Y no es que la violencia no fuera aquí habitual; eso todos los salvadoreños lo sabemos, lo sentimos en nuestra propia carne y huesos, al punto que uno se pregunta cómo serán las cosas sin el acostumbrado terrorismo cotidiano; cómo se sentirá la gente de otras partes del mundo que no tiene que despertarse a medianoche sobresaltada por balaceras y bombardeos, preguntándose quién habrá muerto esta vez. ¿Un familiar? ¿Un conocido? ¿Un guerrillero? ¿Un guardia? Con el temor de que derrumben a patadas la puerta de la casa y les saquen desnudos a la calle agresores que ignoran sin compasión los ruegos de madres, hijos y esposas. Uno se pregunta si en otros países la gente tiene que enfrentarse todas las mañanas con asquerosas escenas de cuerpos torturados abandonados en las aceras, sin otro remedio que cerrar los ojos y cubrirse la nariz mientras se dirige a su trabajo. Sucede a menudo que no cuestionamos estas cosas porque ya forman parte esencial de la realidad. Parte de nuestro folclor. Tan naturales que nos cuesta trabajo asombrarnos de ellas. Hemos perdido la cualidad de sorprendernos, de asustarnos de la muerte. Acaso por temor de que el vecino escuche nuestras quejas y resentimientos, que lea nuestro pensamiento y nos señale, nos tache de subversivos por quejarnos de tanto tufo a muerto, y seamos entonces nosotros mismos los que aparezcamos mosqueados al día siguiente, nuestros cuerpos los descubiertos por perros callejeros que, como los zopilotes, ahora se alimentan de la abundante carne humana.

Caminaba por el barrio La Vega pensando en que la muerte de Monseñor Romero había dejado una herida profunda en el corazón del pueblo, una sensación mezcla de desolación, impotencia e indignación. Todos imaginábamos al asesino de manera diferente, y lo castigábamos de acuerdo a nuestra propia capacidad de odio; de acuerdo a nuestra intensidad de repudio hacia tan horrendo acto de violencia.

La gente apuraba el paso hacia los funerales. Las caras descompuestas, como trasnochadas, con muecas de rabia, de insolencia. Algunos se atrevían a gritar insultos contra el gobierno. No les importaba hacer público su odio. En sus rostros ardía la sed de venganza, pero sus brazos caídos demostraban resignación, y en su caminar inseguro se reflejaba la impotencia. Esa era la crónica de la semana.

Algunos caminantes hacían comentarios sobre la sospechosa ausencia de los cuerpos de seguridad.

"Son cobardes. Tienen miedo. Saben que si los encontramos en la calle les damos matacán. Los hartamos vivos."

Otros alegaban lo contrario.

"Claro que nos están vigilando. Pero andan vestidos de civil para confundirse entre las masas."

Así llegamos a la calle empinada del cuartel de la Policía Nacional. Nadie se atrevió a caminar sobre esa acera. Todos nos pasamos a los andenes del colegio San Alfonso Marista. Hace un par de días Domínguez me había pedido que lo acompañara al funeral. Por medio de sus conecciones obtuvo permiso para asistir a la ceremonia en el interior de la Catedral. Pero yo preferí presenciarla desde afuera, al aire libre. Estas son horas en que el jefe se encuentra muy cerca de los restos de su paisano.

En el transcurso de la semana anterior, La Tribuna dedicó varias páginas a la vida y obra de Monseñor Romero, e informó sobre los planes para el desarrollo de los funerales. Las organizaciones populares invitaron al pueblo a reunirse este domingo en el parque Cuscatlán, y desde ahí desfilar hacia la Catedral. De la Basílica saldría otro desfile compuesto de sacerdotes y novicios de diferentes órdenes religiosas. La Junta de Gobierno, por su parte, prometió mantener en los cuarteles a las fuerzas de seguridad, alejadas de las ceremonias para evitar confrontaciones.

Todo parecía demostrar que el país había acordado una tregua para enterrar a Monseñor Romero en una ceremonia solemne y pacífica. Según se anunció, estarían presentes en el funeral autoridades eclesiásticas de todas partes del mundo. Incluso circuló el rumor de que el mismo Papa haría acto de presencia. Oficialmente, el Cardenal Ernesto Corripio Ahumada de México, representaría a la autoridad religiosa principal como enviado personal de Juan Pablo II.

Recordaba estos detalles cuando me encontraba en la vecindad de la plaza Gerardo Barrios, en el propio centro de San Salvador. La gente ahora se veía obligada a caminar a paso lento pues, cuanto más se acercaba a la plaza, más difícil le resultaba moverse. Como si los cinco millones de habitantes de El Salvador estuvieran reunidos en el centro de la ciudad.

Serían alrededor de las 10:30 de la mañana cuando andaba por el costado oriente del Palacio Nacional, situado también frente a la plaza. Mi propósito era posicionarme cerca de la entrada principal de la Catedral, pero era casi imposible dar un paso dentro del grueso de la muchedumbre. Con mucho esfuerzo, media hora más tarde alcancé a llegar a una de las esquinas de la plaza situada frente a la iglesia, y ya no pude avanzar. Tuve que conformarme con observar desde ahí la ceremonia, sólo alcanzando a distinguir un confuso grupo de clérigos congregados en la entrada del templo.

"Tierra
Algo me dice que existes todavía.
Que la grandeza de los mayas
se esconde
en los ojos de algún niño.

Tierra
Resguarda ese tesoro divino
y ancestral de tu estructura.

Porque
Anda suelta el alma
de nuestros antiguos dioses
en tu surco.

Porque
La sangre derramada
empieza a construir
el nuevo día."

Lourdes.

Todas las vías de acceso al masivo e inconcluso monumento de la Catedral habían sido clausuradas para contener a la multitud de feligreses en la plaza Gerardo Barrios y alrededores. El interior del templo estaba reservado para invitados especiales, familiares y amigos cercanos de Monsenor Romero, autoridades eclesiásticas nacionales y extranjeras. Este día, Domingo de Ramos, 30 de marzo de 1980, todo el país, y acaso la mayor parte del mundo, tenía sus ojos puestos en los funerales del hombre a quien ahora llamaban "El mártir de las clases desposeídas".

Bajo el arco de la entrada principal se había construido un altar de madera en que alrededor de 300 clérigos concelebraban la misa con el Cardenal Corripio Ahumada. El ataúd con los restos de Monseñor Romero estaba situado en las gradas de cemento entre el altar y las barandas de hierro deteniendo a la multitud.

La muchedumbre entonaba los alabados de la Misa Campesina, los mismos que cantaban cuando Monseñor oficiaba la misa dominical y predicaba sus populares homilías.

Miembros de "Boys Scouts" y de la Cruz Roja se encargaban de mantener en orden, y libre de personas, la entrada principal, asistiendo al mismo tiempo a los fieles que se desmayaban bajo el candente sol o que sufrían asfixia.

El largo desfile de las organizaciones populares entró a la plaza. Bajo aplausos y hurras los líderes pasaban ante las barandas de hierro de la entrada. Uno de ellos depositó una corona de flores cerca del féretro.

De pronto, mientras el Cardenal Corripio Ahumada predicaba su homilía, se escuchó el estallido de un fuerte bombazo que vino a crispar los ya tensos nervios de la muchedumbre. Inmediatamente se oyó un clamor de sorpresa general que luego se convirtió en gritería de terror.

Por los altoparlantes de la Catedral una voz trató de apaciguar a las masas que ahora corrían despavoridas en todas direcciones, lanzando gritos desesperados en busca de refugio. Se oyeron otras descargas. El pánico se apoderó de la multitud. Mujeres, hombres y niños se atropellaban y desaparecían bajo el tumulto huyendo en ciega carrera.

Traté de mantener la serenidad, hacerme a un lado y dejar que la gente corriera, pero fui arrastrado por una estampida de cuerpos que se me vino encima con tal fuerza que me hizo caer sobre otros que se revolcaban en el suelo. Milagrosamente alguien extendió una mano y pude incorporarme para emprender carrera y evitar ser atropellado de nuevo. Ancianos y mujeres con niños en los brazos se arrastraban en el pavimento tratando inútilmente de esquivar la estampida. Pero no había refugio seguro.

El grupo del que yo formaba parte fue a chocar contra las barandas de hierro de la entrada principal de la Catedral. Gritaban, lloraban y caían, hundiéndose entre el gentío.

Implorábamos que abrieran la puerta de hierro.

Los más desesperados trepaban encima de sus compañeros y alcanzaban a escalar las rejas. Otros ofrecían sus hombros para que mujeres y niños saltaran y corrieran a refugiarse dentro de la iglesia.

Llegó un momento en que creí desfallecer asfixiado entre aquella cárcel de caras descompuestas por el dolor. Presentí que la potente presión que la muchedumbre ejercía me aplastaría contra las rejas. Los gritos de terror se confundían con las descargas de metralla que ahora se escuchaban más fuertes y cercanas.

Alguien suplicaba:

"¡Protejan el cuerpo de Monseñor!"

Los obispos decidieron clausurar los funerales con una rápida ceremonia.

Por fin abrieron la puerta de hierro de la entrada principal y la gran masa de fieles se desbordó hacia el interior de la Catedral, arrasando a su paso con el altar de madera y atropellando a los que caían en las gradas del templo.

Quise halar de los brazos a una señora que yacía inerte en las gradas de cemento resquebrajado, pero no alcancé a moverla. Parecía tener un pie dislocado, su cara estaba bañada en sangre. Alguien más vino en su auxilio y la arrastramos hasta el interior. Agonizaba de dolor a causa de varias heridas, la más profunda se le veía en un muslo. Un sacerdote se acercó a consolarla al tiempo que también trataba de calmar a la gente en una lengua que nadie parecía entender.

"¡Something very vile is happening here, something very vile!"

Las palabras y ademanes del clérigo, más que consuelo, denotaban frustración y enojo.

La plaza Gerardo Barrios quedó plagada de papeles y zapatos. Decenas de heridos y atropellados yacían inconscientes sobre el ardiente cemento del parque.

Varios individuos habían tomado posiciones en el parque y disparaban contra supuestos francotiradores apostados en los edificios que conformaban el cuadrángulo de la plaza.

En las calles vecinas ardían y explotaban vehículos. El estruendo llegaba hasta el interior de la iglesia, haciendo temer a los refugiados que el mismo templo fuera invadido y se convirtiera en campo de batalla.

Todo el mundo había perdido algo o alguien. Clamaban a grandes gritos por sus hijos, esposos, tíos, hermanos. Imploraban a Dios que no hubiesen sido atropellados.

Escasos minutos después de que estalló el bombazo, la solemne ceremonia se convirtió en pánico, estampida, dolor y muerte. Un verdadero infierno.

"Vaya manera de honrar a Monseñor Romero," dijo alguien. "Como si el mismo diablo hubiera planeado este funeral de terror."

"Lo asesinaron en forma cobarde," comentó otro. "Y ni siquiera nos permitieron enterrarlo en paz."

"Es que a Monseñor le temen tanto vivo como muerto," afirmó una mujer.

El problema inmediato de los refugiados en la Catedral era cómo irse a sus casas sin correr peligro. Los balazos y explosiones en la calle y alrededores habían mermado, pero la gente temía caer emboscada. El recinto de la iglesia se hallaba completamente abarrotado. Algunos empezaban a sufrir asfixia. Había heridos con urgente necesidad de asistencia médica.

Los obispos decidieron que podíamos empezar a salir despacio y en silencio, con los brazos en alto para demostrar que no causaríamos problemas a nadie. Así lo hicimos. Lentamente, y con desconfianza, cada quien tomó el rumbo que mejor le convenía.

Yo me enfrenté a la calle un tanto deslumbrado por el candente sol, reparando de improviso en mi aspecto físico. Me faltaba un zapato. La camisa blanca destrozada sobre mis brazos llenos de raspaduras sanguinolentas. Igual aspecto presentaban los pantalones rotos a la altura de mis rodillas. A pesar de todo, me consideré con mucha suerte haber salido con vida del funeral.

Pero la pesadilla no terminó ahí. Al llegar al parque Libertad, a una cuadra de la Catedral, me encontré con un tiroteo. Varios individuos habían volcado automóviles para formar barricadas. Disparaban hacia el edificio de la Sociedad Cafetalera. Pensé tomar otra ruta hacia el barrio San Jacinto, pero los balazos me hicieron tomar la decisión de regresar a refugiarme en la Catedral, y permanecer ahí hasta que la situación se apaciguara.

Muchos otros decidieron lo mismo y regresaron a esconderse en la iglesia. Aseguraban haber visto tanquetas en los alrededores. Algunos se quejaban de que individuos vestidos de civil corrían en taxis por la ciudad disparando a todo el que vestía de negro. Contaban que en el Boulevard Venezuela se armó un encuentro entre tropas del gobierno y escuadras guerrilleras. Que unos enmascarados bloquearon un taxi, sacaron a los ocupantes y los terminaron a balazos, disparándoles en la garganta porque llevaban chalecos contra balas.

El terror había regresado rompiendo violentamente la supuesta tregua acordada para los funerales de Monseñor Romero.

La gente continuaba llegando a la Catedral lamentándose de la imposibilidad de regresar a sus hogares. Muchos de ellos campesinos, que con gran sacrificio personal peregrinaron desde remotos pueblos para venir a despedir a su líder espiritual.

En las primeras horas de la tarde cerraron el templo y nos vimos obligados a abandonar nuestro refugio. Al salir, dije un secreto y último "adiós" a Monseñor Romero, cuyo cuerpo descansaba para siempre ahí en la iglesia.

REPORTAN 35 MUERTOS Y 450 HERIDOS EN LOS
FUNERALES DE MONSEÑOR ROMERO.

En el momento en que cerraba la puerta del pupilaje para salir a la calle, oí la voz de Simón.

"¡Rogelio, no se vaya! ¡Lo llaman por teléfono!"

Los gritos me sorprendieron, pues raramente recibía llamadas telefónicas, mucho menos a tan temprana hora de la mañana. Acaso fuera Lourdes. No había vuelto a tener noticias de ella desde que la vi en el mercado.

Simón, asimismo un tanto sorprendido, me pasó el auricular.

"Aquí le habla Domínguez. Preste suma atención a lo que voy a decir. No comente nada. No vaya hoy a la oficina, ¿entiende? Lo espero en El Oasis a las 12. Nos vemos."

Simón permanecía a mi lado. Notando la preocupación en mi cara, preguntó:

"¿Qué pasa Rogelio? ¿Malas noticias?"

"No sé. No sabría decirle. Lo único que sé es que no debo ir a trabajar esta mañana."

"¡A la púchica. No me venga con que se quedó sin trabajo otra vez!"

"No tengo ni la menor idea de lo que se trata."

Me interné en mi cuarto tratando de convencerme de que no había razón para preocuparme. Los antecedentes del caso, por el momento, no lo ameritaban. Después de todo, se reducían a un corto mensaje telefónico. Posiblemente Domínguez se emborrachó anoche. No habrá ido a trabajar esta mañana porque amaneció de "goma", y deseaba compartir unos tragos conmigo para calmar su malestar. No era la primera vez.

Encendí la radio y, para apaciguar mi nerviosismo, me entregué a retocar un dibujo que había comenzado hace mucho tiempo.

A las doce en punto estaba yo poniendo pie en la entrada del restaurante El Oasis. El cantinero me indicó la mesa del fondo que ocupaba Domínguez.

El jefe pidió que me sentara y al instante supe que algo andaba mal. Su cara estaba descompuesta, más arrugada que de costumbre. Ojos húmedos y rojos. Cabello despeinado. La guayabera blanca ajada, como si hubiera dormido con la ropa puesta y hubiese tenido una mala noche.

"¿Qué pasa Domínguez? ¿Está enfermo? Como que la 'goma' lo tiene bien jodido."

"¡Qué 'goma' ni qué nada! ¡Han bombardeado y destruido La Tribuna! Todos los editores y el director estamos amenazados de muerte. Usted también."

"¿Yo? ¿Y yo por qué? Yo no ando metido en política. Soy un simple empleado de La Tribuna."

"Era," dijo con amargura. "De La Tribuna sólo quedan escombros. La Tribuna se terminó, ¿comprende?"

Al pronunciar estas últimas palabras se le salieron las lágrimas. Como si le acabaran de notificar que su ser más querido en el mundo había fallecido.

"Increíble," fue lo único que alcancé a murmurar.

Domínguez lloraba asestando fuertes puñetazos sobre la mesa, sin importarle que los otros clientes le oyeran.

"Nadie comprendería a cabalidad lo que para mí significaba La Tribuna... Era mi vida... Ahí nací, crecí y envejecí. Ahí me consideraba útil a la sociedad. En sus páginas estaba mi voz. Mi convicción... Y, aunque a veces escamoteada entre palabras oscuras, ahí también estaba mi protesta contra el sistema. Mi determinación por cooperar en la construcción de un mundo mejor... ¿Sabe usted que yo me conocía el edificio de esquina a esquina? Llegué a identificarme tanto con ese oscuro caserón de cemento, que era como mi propio cuerpo. Dentro de él mi vida vibraba. Las cosas parecían tener significado... Estaba seguro de que las páginas de La Tribuna irían a parar tanto ante los ojos del pobre como del rico, del gobiernista como del rebelde. Eso me alentaba. ¿Entiende? Las páginas de La Tribuna eran para mí como un túnel secreto que me conectaba con el sentimiento de la gente, que me permitía establecer comunicación directa con la conciencia de la sociedad... Y eso, esa posibilidad de diálogo en silencio, en que yo tenía la oportunidad de filtrar una pequeña esperanza de salvación al desamparado, ofrecer un mínimo ideal de progreso humano al desgraciado, eso, era lo que me mantenía en pie en medio del caos... Era mi barco flotando sobre este mar de sangre... Pero ahora, la tempestad ha despedazado mi barco... Ha destruido mi propia vida... "

El jefe temblaba de furia e impotencia. Lloraba abiertamente. El cantinero se acercó a apaciguarlo y le ofreció una cerveza que Domínguez desechó. El hombre comprendió el dolor del viejo y se retiró.

"¡Me siento hecho mierda Rogelio! Tengo ganas de pegarme un tiro. Ya no aguanto este maremagnum de sangre, dolor y asco. De cadáveres podridos. De destrucción general. De gente en harapos matando a su prójimo para sobrevivir... ¡Dígame algo Rogelio! No se me quede callado. Convénzame de que, aunque todo se derrumba a mi alrededor, todavía existe una esperanza, un agujero por donde escapar, antes de que yo también sucumba. Explíqueme la clave para acostumbrarme a este masoquismo y sadismo persistente y recalcitrante... Por lo menos sonríame, Rogelio, antes de que me haga mierda aquí mismo..."

Domínguez se llevó una mano a la cintura, extrajo una pistola y la puso sobre la mesa. Rápidamente reaccioné a coger una servilleta y tirarla sobre el arma de fuego para cubrirla.

"¡No joda Domínguez!" dije tratando de mantener la calma. "No vaya a cometer una locura."

Metí la mano debajo de la servilleta y con sumo cuidado desprendí el revólver de la mano del jefe para meterlo en mi bolsillo.

"Tómese la cerveza Domínguez, le va a tranquilizar los nervios."

"Siento que la cuerda se me termina," dijo después de haber empinado la botella y bebido un trago. "Hasta mi compañero de infancia, Monseñor Romero, fue vilmente asesinado. El que nos reconfortaba con su voz. Mantenía viva nuestra fe en el futuro... ¡Ayúdeme Rogelio! No ve que no puedo hacer otra cosa que llorar como niño huérfano y desamparado... Nunca más escucharé esa voz desafiando a la oscuridad. Nunca más he de contemplarle desplazándose entre las sombras, dejando luz y esperanza a su paso... Su sonrisa ya no descenderá al lodo para ungir a los que sufren, porque quizás el mismo diablo, avergonzado y resentido por la nobleza de Monseñor, le clavó las garras para hacerlo regresar al polvo...

El viejo calló y recostó su frente en la mesa. Gemía y sonábase la nariz ruidosamente. El restaurante estaba repleto de clientes por ser hora del almuerzo. Pero las voces, las carcajadas de la concurrencia y la canción apasionada de la cinquera no parecían llegar hasta nosotros, ni interferir con la desesperación de Domínguez quien daba la impresión de haberse desinflado y que, de un momento a otro, se hundiría bajo la mesa para desplomarse en el piso.

Mientras observaba al viejo sumido en su desgracia, luchaba por hacer a un lado mi propia desesperación y recobrar la serenidad. De repente, sentí un punzante dolor de estómago, como si mis antiguas úlceras amenazaran con regresar. Al cabo de un rato de meditación, tomé una de las manos del viejo y, estrechándola entre las mías, le dije:

"Domínguez, lo que conviene es marcharse del país... Váyase a Costa Rica donde su hermano... Yo lo acompaño... Esto ya no tiene sentido. Quedarse aquí es resignarse a la muerte. Arreglemos las maletas hoy por la noche y mañana mismo nos vamos al carajo. Antes que sea demasiado tarde."

ENCUENTRAN CADAVERES DEL JEFE DE REDACCIÓN Y UN FOTÓGRAFO DE LA CRÓNICA.

"Sangre
Te veo renacer
en las manos construyendo los caminos.

En la piel oscura
del que ahora pide la palabra.

En los ojos
que ya no escarban las derrotas
del pasado.

Sangre

Ebulle
    circula
        y
           arde.
No cedas
    ni caigas.

Porque una vena joven te acarrea.
Porque una visión humana te renueva."

                   Lourdes.

Todo estaba preparado para salir. El taxi esperaba en la calle. Me despedí de Simón y su familia. "Buena suerte Rogelio." Lo dijo con un fuerte apretón de manos, como si fuera yo quien me encaminaba al peligro, y no ellos quienes se quedaban atrás en el mismo centro del campo de batalla. La esposa no pudo decir una palabra. Me abrazó con los ojos húmedos mientras los niños observaban la despedida con los ojillos negros de sus tristes caritas. Alargando hacia mí las manos morenas y sucias, dijeron "adiós" con sus vocecitas dulces.

Había calculado salir a la hora en que los otros inquilinos no se encontraban en casa. Pensé que era mejor no comunicar mi partida a nadie más que al dueño. De lo contrario se dilataría este triste momento, en que con unas palabras y gestos cordiales de última hora se ponía punto final a una larga convivencia de alegrías y penas.

Nunca olvidaré esta vieja casa en que pinté tantos cuadros. Reí. Lloré. Sufrí hambre y desconsuelo. Y, sobre todo, en la que conocí a Lourdes. El ser que me honró con su amor, alegría de vivir, poesía. Quien me había hecho comprender la grandeza de esta tierra que me vio nacer pero que el destino, la mala suerte, o acaso la cobardía, me forzaba a abandonarla.

Salí a la calle presuroso, con un nudo en la garganta. Tiré la valija dentro del taxi, lo abordé y cerré la puerta sin volver la mirada hacia el pupilaje. Pedí al motorista que me llevara a la terminal de buses. Eso fue todo lo que dije durante el trayecto.

El carro traspasaba colonias, barrios, mesones demolidos; tugurios en que pululaba gente tostada por el candente sol. Niños semidesnudos, panzones y mugrientos jugaban a saltar charcos de agua sucia.

Recorría el lúgubre panorama por última vez como para relegarlo de una vez por todas al olvido, pero comprendía muy bien que sería difícil borrar el recuerdo de las caras y muecas de la ciudad. No estarán latentes en mi memoria las mansiones de las suntuosas colonias con limpias avenidas meticulosamente diseñadas y construidas, adornadas con flores multicolores, al cuidado de sirvientas y grandes y temibles perros de buena raza. Todo lo contrario, se incrustarán en mi memoria, acaso para siempre, las casas de cartón, los barrios y mesones derruidos con esquinas marcadas por cerros de basura, moscas, ratas y excremento de perros enfermos y nómadas. Porque esas son las zonas de la ciudad por donde caminan los héroes de la existencia. Gente que se enfrenta día y noche a su irreversible pobreza.

El taxi arribó a la Terminal. Pagué la carrera y salí con la valija que fácilmente acomodaba mis pocas pertenencias. En esos momentos pasaba una marcha de protesta que me impidió atravesar la calle para ir a tomar el autobús. Tuve que hacerme a un lado y esperar.

Los manifestantes portaban carteles y mantas de todos colores.

"EL PUEBLO DEMANDA SUS DERECHOS."

"ÚNETE A LA LUCHA DEL PUEBLO."

"MONSEÑOR ROMERO MÁRTIR DE EL SALVADOR."

"¡Rogelio, aquí!" oí la voz de Domínguez, quien asomaba la cabeza por la ventana del microbús estacionado al lado opuesto de la calle.

Hice señas con la mano para darle a entender que esperaba a que pasara la demostración, la cual se había detenido, quedando yo en medio de los manifestantes.

La mujer que dirigía la marcha, gritaba por un megáfono: "¡ÚNETE A LA LUCHA DE TU PUEBLO!" Y el gentío respondía: "¡EL PUEBLO VENCERÁ!"

De pronto, por una de las esquinas de la Terminal aparecieron dos camiones cargados de soldados y al instante se oyeron disparos. La gente empezó a correr en desbandada. Algunos cayeron heridos y fueron atropellados en la confusión. Banderas, mantas y carteles fueron arrasados por los mismos manifestantes y el viento. Se oían gritos de dolor.

"¡Rogelio no se quede ahí parado!" gritó Domínguez. "¡Apúrese, no lo vayan a balear!"

La voz del megáfono pedía a los manifestantes tirarse al suelo o buscar refugio. La gente caía herida en medio de la calle, lanzando maldiciones de rabia contra los soldados.

De entre el grueso de la demostración brotaron ráfagas de metralla y bombas "molotov" que fueron a sacudir con violencia a los camiones. Los soldados caían pesadamente estrellándose en el pavimento.

Ante el intenso contraataque los soldados intentaron retirarse, pero uno de los camiones fue a chocar contra un poste de la luz eléctrica. El poste se derribó sobre el mismo vehículo y, bajo la lluvia de bombas caseras, éste prendió fuego convirtiéndose en una gigantesca llama, hasta explotar.

El otro camión no alcanzó a ponerse en marcha. Las llantas y el motor habían sido destrozados por las persistentes descargas de metralla de un individuo que, atrincherado detrás de unos cuerpos en medio de la calle, mandaba a sus compañeros emprender la retirada mientras mantenía a los soldados bajo fuego. Dos soldados saltaron del camión a la calle y se le enfrentaron, enfurecidos, intercambiando intensas descargas. Los soldados cayeron. El sujeto quedó también inerte, tendido sobre el charco de su propia sangre, sus manos todavía aferradas a la ametralladora.

Presenciaba semejante escena de violencia desde el suelo sobre el que me había tirado al iniciarse el enfrentamiento. Advertí que el hombre de la ametralladora daba señales de vida, se esforzaba por despojarse del pañuelo rojo que le cubría la cara. Me incorporé del pavimento y corrí hacia él.

"¡Rogelio, corra para acá! ¡Apúrese!" oí los gritos de Domínguez.

Llegué al enmascarado y le arranqué el pañuelo que parecía sofocarle. Al ver su rostro no pude contener un grito de sorpresa. Caí de rodillas junto a él.

"¡Ignacio!" exclamé tomando delicadamente su cabeza ensangrentada entre mis manos.

Al reconocerme forzó una sonrisa que luego se mezcló con una mueca de dolor.

"¡Yo sabía que estabas vivo, Nacho!" dije emocionado al verle después de tanto tiempo. "No te movás, estás sangrando demasiado... Te he buscado desde hace dos años que regresé de Nueva York."

"Hermano Rogelio... quise ir más allá del arte... Pintar el cuadro más bello... que es la libertad del pueblo... Sé que vos vas a... pintar... a hacer arte... por los dos... "

Esas fueron sus palabras postreras. La cabeza de Ignacio cayó contra mi pecho. ¡Había muerto!

Se oyeron sirenas y llegó una ambulancia. Alguien retiró el cuerpo de mis brazos. Lo introdujeron en un carro particular y partieron a toda velocidad.

Yo quedé de pie en la calle cubierta de heridos, muertos, sangre. Sin poder creer aún que finalmente había encontrado a mi hermano pintor. Me resistía a aceptar haberle visto morir en mis brazos.

Los enfermeros asistían a los heridos y cubrían a los muertos con sábanas blancas.

"¡Necesitamos voluntarios para atender a toda esta gente!" gritó uno de ellos. "¡Usted joven, ayúdenos! Sólo somos dos y son tantas las víctimas." "¡Vamos Rogelio!" llamó Domínguez. "Venga, suba que ya nos vamos," sacando los brazos por la ventana del bus que se acercó a recogerme. "Suba, suba que ya nos vamos," sus manos ahora casi rozaban mi cabeza. "¡Váyase usted Domínguez! ¡Váyase que yo me quedo!" "¡No joda Villaverde!" tartamudeó incrédulo. "Si se queda se muere. Acuérdese que está amenazado de muerte. ¡Suba y vámonos al carajo!" "¡Váyase!" dije terminante, mirándole seriamente a la cara. "¿No ve que estos heridos me necesitan?"

El semblante del viejo se petrificó. Comprendió que al fin me había decidido por algo en forma irrevocable. Como si fuera la primera decisión importante de mi vida. Arrugó el ceño y su rostro se tornó sombrío por unos segundos, para luego esbozar una extraña sonrisa.

Le extendí una mano en señal de despedida y él la estrechó ardientemente entre las suyas.

"Cuídese Rogelio," dijo entre lágrimas. "Hágalo por este viejo que llegó a quererlo como a un hijo."

"Algún día estaremos juntos de nuevo," dije con una voz quebrada. "Si es que tenemos la suerte de estar vivos cuando despertemos de esta pesadilla."

La camioneta se puso en marcha y entró en la calle principal. Permanecí inmóvil viéndola alejarse dejando atrás una gruesa, negra y pestilente estela de humo, mientras la silueta disminuía de tamaño hasta convertirse en un diminuto punto que la distancia se tragó.

Un guardapolvo blanco cayó sobre mis hombros. Me lo puse y empecé a examinar los cuerpos tendidos sobre el asfalto caliente, con la esperanza de encontrar alguno que diera señales de vida, y rescatarlo de las garras de la muerte.

✤✤✤ F I N ✤✤✤

(Octubre 1979 - Agosto 1989)

Las homilías de Monseñor Romero fueron extraídas de "La voz de los sin voz - La palabra viva de Monseñor Romero," 1980, UCA/Editores, El Salvador.